「ちゅど〜〜〜ん!!」
なんこ

贅沢三昧したいのです！
転生したのに
貧乏なんて
許せないので、
魔法で
領地改革
1

贅沢三昧したいのです！

転生したのに
貧乏なんて
許せないので、
魔法で
領地改革

1

みわかず
Illustration 沖史慈宴

contents

第一章　5才です。
一話　始まりです。

五才の誕生日に頭を打った。
そしたら、自分が乙女ゲームの悪役令嬢、サレスティア・ドロードラングだと知った。
『令嬢』……まじか!!　やっほぅ！
命尽きるまで贅沢三昧してやるぜ！

前世は貧乏暇なしを体現した人生だった。

保育所に通っていた頃から家事を手伝い、小学生になったら親の内職を手伝い、中学では牛乳配達をし、高校生からは本格的にバイト漬け。卒業後そのままバイト先に就職して、かけ持ちで別のバイトをさせてもらい、朝から晩まで働いて働いて働いて。

父母兄姉弟と、家族総出でやっと祖父の残した借金返済して、これからファミレスで外食できるね！　なんて皆で笑った矢先……、車にひかれた。

気が弛んでいたんだろうな、出勤途中に信号待ちをしていたところに突っ込んできた居眠り運転の車に気づかなかったんだから。

……あ～あ、旅行とかコンサートとかリサイクルショップじゃない服屋とか行きたかったな～。

お父さんお母さんお兄ちゃんお姉ちゃん卓也、こんな死に方でごめん。

皆に内緒で掛けてる私の生命保険があるからうまいこと使ってね。へソクリも見つけてよ。出勤途中だから労災もいくらか出るよね。あ、お金があるからってグレるんじゃないわよ卓也！　大学デビューなんて、お姉ちゃん恥ずかしくて死んでも死にきれないかもしれない！

うん。思い残しはたくさんあるけど、皆、元気でね。

ワガママ放題で使用人は奴隷ですウフ、な令嬢の私がそんな殊勝なことをブツブツと三日三晩唸(うな)っていたものだから、気味悪がられて両親に王都の屋敷から領地に戻って療養するように言われた。
領地までは遠かったが、これからの華やかな日々を思い描きながら一月(ひとつき)の馬車の旅を楽しんだ。
そして領地に着いて意気揚々とドアを開けたら、目の前には広大な荒れ地が広がっていた。

「…………は？」


いや、荒れ地というよりは野原だけども雑草が生え放題である。

目につくところ全ての手入れがされていない。

領地住民の家はボロボロでテレビで見た戦後のバラック小屋のようだった。

呆然としながら屋敷に向かうと侍従長が表で待っていた。

あれ？　この人こんなに痩せてたかな？　まあ二才の頃には王都に移っていたからあやふやな記憶だけど。

「お帰りなさいませサレスティアお嬢様。長旅お疲れ様でございました」

中に入ると侍女たちが並んでお辞儀をしている。

……なんだか痩せた娘たちばかり……

と、私が通り過ぎた後ろで侍女が一人倒れた。抱え起こそうとした隣の侍女も立ち眩（くら）みの様に崩れ落ちる。

「お見苦しい所を申し訳ございません。お茶の準備をしておりますので、お嬢様はどうぞこちらへ」

何事もなかったようにふるまう侍従長を手を上げて止めた。

嫌な予感がする。いや嫌な予感しかない。予感というか、実感。

「待って、厨房に案内して。私が呼ぶまで全員休憩よ」

青冷めた顔をした皆をわざと無視して記憶を頼りに厨房へ向かう。まっすぐ辿り着いた厨房にはグッタリした料理人たちがいた。私を見て慌てはするものの、すぐに立ち上がれない。

冷蔵庫を開けるといくらか食料が入っていたが、食糧庫と思われるドアを開けると中には何もなかった。

「……どういうこと？　私にわかるように包み隠さず説明してちょうだい」

侍従長は青白くなった顔を伏せて黙っていたが、やがてポツリポツリと教えてくれた。
なんと領民どころか使用人さえ男爵家の浪費のおかげで金も食料も全くない。
聞き終えた私はそのまま勝手口から外に飛び出し、

「どういうことじゃこりゃああああ!!!」

怒りのままに叫んだ。
そして、魔法に目覚めた。

『魔法学園アーライル～未来を貴方と守りたい～』
魔物から国を守り世界を平和に導く戦士養成所でのアレコレ、という王道ファンタジーに添った乙女ゲームである。
流行りの乙女ゲームには珍しく、逆ハーレムルートがなく、意気込んだお姉さまたちには不評のゲーム。しかしヒロインそっちのけで繰り広げられる男たちの友情に萌えると、別口のお姉さまに人気があったらしい。
らしいというのは、私はそのゲームをしたことがなく、高校の友人がはまり込んだ末に大量に購入した薄い本を借りて読んだだけだから。友人曰くノーマルな内容だって。

そこでヒロインに対し嫌がらせをするのが男爵令嬢サレスティア。爵位は低いけど、チートな庶民ヒロインに次ぐ魔法力の持ち主で第二王子の大ファン。婚約者ではなく大ファン。

そりゃそうだ身分差がありすぎる。ヒロインは主人公だから王子の相手になれるのだ。

サレスティアは第二王子ルートを選ぶとお約束通りチマチマとヒロインの邪魔をする。ちなみに他キャラルートには出てこない。攻略対象ごとにライバルが違うらしい。

薄い本の方では流血するほどの魔法合戦になるような邪魔をしていたのに、本編では小学生の嫌がらせか！　って程度だったとか。

……箱入り娘、かわええな～。

そんなショボい悪役令嬢だけど、学園の最終試験後に親の不祥事が発覚。それが原因で没落、卒業できずに一族処刑。

…………わ～お。今回の人生も短そうだな～。

いや、それまでは贅沢する！

美味しいものをたくさん食べて！　洗濯に困る上等な服を着るのよ!!

そう腹をくくったのに。なんだこれ。

……しかも、サレスティアの魔法の目覚めが怒りとは。

「私」のせいだろうか……貧乏脱却してまた貧乏。そりゃキレるわ、普通に。

うん、しょうがない！

そんなしみじみを一分で終わらせて屋敷に駆け戻り、私の里帰りについてきた護衛兼馭者（ぎょしゃ）と侍女に、

「私の下着以外の荷物を隣の領地で全部売り払って、買えるだけの塩と砂糖と小麦粉と、丈夫でなるべく柔らかい布と豆の種をお願い！　いい？　高く売り付けて安く買ってきなさいよ。急いで！……もし持ち逃げしようとしたら、お前たちを喰ってやるからね！」

ワガママ放題に育った五才の幼女のあらんかぎりの凄んだ顔を見てビビる二人をお使いに走らせ（お付きが二人って少なすぎでしょうよ）、一番大きな鍋を出す。

冷蔵庫の食材をありったけ出して、包丁で細かく刻んで鍋に入れる。覚えたての魔法で空間から水を生成して入れ、魔法で今度は竈（かまど）に火を付けた。また別の鍋に塩と砂糖を一対八の割合で入れ、水を注ぐ。確かこの位でいいはず。

味見をしてからコップに一杯汲み、侍従長に渡す。

「ゆっくり少しずつ飲み切って」

コップの数だけ注いで皆に配る。戸惑いながらも飲みきった人からもう一杯ずつ飲ませる。その間に食材を入れた鍋が煮立ってくる。弱火に調整して煮立ち切らないようにする。アクを取りながら残り少ない調味料をいくつか入れ味を整える。

小麦粉と塩少々を捏ねて、マカロニもスパゲティもないのですいとん汁に。

出来上がったスープをカップにわけて、スプーンを添えて今度は料理長に渡す。

「不味くてもゆっくりよく噛んで食べて。元気になったら私にも料理を教えてちょうだい」

カップのある限りよそって次々渡していく。

さっき倒れた侍女たちがホッとした顔をした。良かった。

別の侍女がハラハラと泣き出す。どうしたの？　と問えば、サレスティアの為の食材を食べてしまって申し訳ないので自分を処分してくれと言う。

どうしようもない気持ちになってしまって彼女を抱きしめた。小さい体だからピトッとくっついただけだけど、気持ちよ、気持ち。

「いいの。この家にあるものは皆で食べるものよ」

途端に皆が泣き出してしまった。

ちょっと！　水分補給したんだから泣いたらもったいないでしょ！

そう言ってひとりでワタワタしてたら、慌てた皆に申し訳ございませんと謝られた。ああ、そういうわけじゃないのよ。

気がつけば昼を過ぎていて、今日は休日にして全員を休ませる。夕飯にはまた食堂に集合と言いおいて今後のことを考える。

男爵領なのであまり広くはないが、先代までは領地の隅々まで畑や花で潤い、他の領地とも協定を結び、穏やかに暮らすことができていた。

ところが、先代が亡くなり現男爵に引き継がれた途端に経営が傾きはじめた。

浪費家だったのだ。贅沢ではないがお金に困らない生活をしていた事が原因で我慢することを学ばないで育ってしまった。後継ぎで一人っ子だったのでそれはそれは甘やかされたらしい。

年頃になって、これまた資産家の伯爵家の娘を嫁にもらったが、元気で仕事好きな先代は息子に経営を譲らず、教えず、亡くなるまでパーティーに参加させることしかしなかった。

突然の病で先代が亡くなり男爵を継いだが領地経営は侍従長に任せきり。

その後、日照りや水害が続いて税収が減っても気にせず王都でパーティー三昧。赤字と報告すれば税を上げ、それが不満と住民が直談判すれば、他所の領地に行けばいいと言い切った。

娘のサレスティアが産まれてしばらくすると田舎暮らしは飽きたと生活の拠点を王都に移した。それが領地疲弊に加速をかける。王都生活はどんどんと派手になり、借金で領地からは金が引き出せないと分かると、嫁の実家に出させたのだ。

嫁も猫可愛がりで育ってきたので、その親は言われるがままに借金を補助していく。資産家なだけに余裕があるのが良くなかった。借金を補填した分は男爵領に回ってくる。そうやってどう頑張っても返せない額の借金ばかりが増えていった。

先代に恩義ある者たちは残ったが若者たちは出て行った。

働き手を失い、日々の生活にも困窮し、生きる気力が減っていく。

もう、どうしようもなかった。

「今このお屋敷に居る者は身寄りもなく、ここに居るしかないのです。ご主人様は減ってしまった従業員を奴隷で賄いましたので……素性のはっきりした行儀見習いならば他所のお屋敷に紹介状を書くこともできたのですが……」

侍従長の苦笑に胸が締め付けられる。

話を聞かせてくれたことにお礼を言い、そのまま休んでおくように念を押して彼の部屋を出る。

あの両親は、領地の現状をわかっていて私をここに寄越したことになる。

亡くなった奥さんの小さな絵姿しかない部屋だった。

……気味が悪いから、のたれ死ねってことか。

なんか、普通に腹立つ。

その足で外に出ると、さっきお使いに出した二人が帰って来た。

労って荷物を見る。

予想より物資が多かったので褒めちぎった。

二人とも確か十三才だったので（どう考えても若すぎるだろ）、五才児に褒められても微妙な顔。

とりあえず荷物をそれぞれ指定した場所に運んでもらう間に私は近くの森で狩りをすることにした。

さっき鳩くらいの大きさの鳥が飛んでいたから、夕飯はアイツらだな！　出汁を取りたいから火魔法で丸焼きはダメね。風か水で窒息か。

加減がどの程度できるか分からないからとにかく行ってみよう。

前世の父方の祖父は借金を残し、母方の祖父母はマタギの技術を教えてくれた。

夏休みは節約の為に母方の実家でマタギの修行したのさ。猪くらいまでなら解体できるぜ！

結果。首尾よく仕留めた三羽を血抜きしているときに、血の匂いにつられてきた豚みたいな見た目の大きな動物もやっつけた。サレスティアすごい！　さすが主人公に次ぐ魔法力！

まだ五才だし竈に火をつけるくらいのしょぼい威力しかないかと思いきや、熊サイズの豚を一撃できるほどの出力もすでに調整できるし、恐ろしい娘！

私、魔法センス高いわ〜とホクホクで帰ったらお付きの二人にむちゃくちゃ怒られた。

……そうだよねぇ、さっきまで魔法が使えなかった幼児が急に熊サイズの血にまみれた動物を引きずって来たらビックリするよね〜。風魔法で浮かせてるから重くないんだけどな〜。

え？　違う？　危ない？　何が？

とにかく解体するわよ！

思いがけない収穫にヘロヘロの料理人たちを叩きおこし（ゴメン！）、豚の解体を一緒にやってとお願いする。

五才児には鳥の羽をむしるのが精一杯なんだもん。解体の終わった鳥は鍋でじっくり煮るように頼んだ。まだ外が明るいからその間に領地探索に行ってきます。

え？　二人も来るの？　じゃあよろしく。


領地は想像以上に酷かった。

会う人会う人、皆ガリガリに痩せててお腹がぽっこり出ている。男か女かはかろうじて分かるが年齢は分からない。乗せられるだけ馬車に乗せて屋敷に連れていく。大広間に放り込んではまた外に出て、何度も往復。途中私は水作りとスープ作りをし、二人にはそのまま領民を連れてきてもらった。

咀嚼もできないほど衰弱している人が多くて、スープの具をこれでもかと刻んだ。急にたくさん食べさせると腹痛を起こすから、スプーン一杯ずつ様子をみる。

具合の悪そうな人と乳幼児を抱えている人には両親と私のベッドを提供した。布団だって足りないからカーテンを外して、家族他人入り交じって掛けて使ってもらった。絨毯が敷いてあるから床は思った程固くなかった気がする。

え？　勿論私も雑魚寝です。

一週間そんな生活をしていると、赤ちゃんの声がちょっとだけ大きくなった気がした。良かった元気になってきた！　ママさんには栄養つけてもらわなきゃ！

うちの従業員たちは六割がた体力が回復したようで、領民のお世話をしてもらっている。スープ作りは料理班にすっかり任せて、私は狩りに。

侍従長が詳しいということで食べられる野草を摘みつつ、鳥、豚を狙う。勿論あの二人も一緒。私の専属になったみたい。若いから頼もしいわ〜と言ったらガックリしてた。

更に一ヶ月。

ベッド班以外は自分で食事ができるようになった。

家に帰りたいという人も増えてきたので、一度私の話を聞いてもらうことに。

「改めて自己紹介をします。ドロードラング男爵が一子、サレスティアです。知らなかったとはいえ皆さんを助けるのが遅くなってしまい、すみませんでした」

深々と頭を下げる私に屋敷の皆が息を呑む。

「勿論恨んでくれて構いません。領主としての責任は娘の私にもあります。死ねと言うならば死にましょう」

「お嬢様！」使用人たちが慌てるのを手で制す。

「ただ、私が今死んだら気は晴れるかもしれませんが現状は何も変わりません。それより十年を私にください。その間にこの領地を回復させたいと思ってます」

大広間がザワザワとする。好意的な感じはしない。そりゃそうだ、五才の子どもが何を言ってているって思うよな～。

「私一人ではできることはちょっぴりしかないのです。厚かましいお願いですが、どうか、私に手を貸してください」

しんとする。

と、一人の男性が立ち上がった。最初に家に帰りたいと言った人だ。

「領地を見て回っていたようですが、何もなかったでしょう。俺らだって思い付くことは全部した。

金さえあればと毎日思った。お嬢様がその金を準備して下さるんですかい？」

皮肉げに私を見る。

「残念ですが、領地の借金を返せる程お金はありません。それどころか私の財産は全部塩と砂糖と小麦粉を買うのに使いきってしまいました。それもあと一月（ひとつき）分くらいしか残っていません」

大広間がざわつく。

「は!?　見たことか！　結局この領地は終わりなんだよ！　この屋敷で皆で野垂れ死にだ!!

………正直、お嬢さんがくれた水を飲んだときは助かったと思った。飯を食わせてもらって、あったかい寝床が用意されて……でも家族は助けられなかった！　俺じゃ駄目だった！　墓穴（はかあな）を掘って埋めてやるだけだった！　なんで俺だけ残った!?　なんで助けられなかった俺だけ残った！　そんな俺に何ができるんだよ……！」

怒鳴り声に赤ちゃんが泣き出す。広間中に啜（すす）り泣きが聞こえる。

皆、家族を亡くしている。

よく分かっていない子どもたちも静かにしている。傷は深い。

それでも。

彼のそばまで行き、その手を取った。

驚く彼。

「それでも今、私たちは生きている。今、死にたいと言うならお願い、十年だけ私にちょうだい。あなたの力を貸してちょうだい。皆の力を貸してちょうだい。今の私には誰かを背負う事もできないけど、あなたなら両手に一人ずつ抱えて更に背負うことができる。多くを抱えられる力を私に貸してください」

生きて。生きて！

家族を残して死んだ私がそう願っているの。今までより幸せになってよ。死んだ私には皆をもう助けられない！　もっと楽しい事があったのに、美味しいものがあったのに、気持ちいいことがあったのに、もう連れて行けない。一緒にできない。

悔しい。悔しいけど、悔しいから、その分幸せになって。

悔しさは私が持っていくから。

家族を思い出して手に力の入った私を、彼が不思議そうに眺めている。

力が入りすぎて腕がプルプルしている。侍従長が来て、そっと肩をさすってくれた。フッと余計な力が抜ける。

ありがとう。

お父さん、お母さん、お兄ちゃん、お姉ちゃん、卓也。

私、ここでまた頑張るから、元気でいて。

贅沢するまで、死なないから!!

二話　開墾です。

次の日から農地の開拓を始めた。

とにかく食べ物の確保！　肉はどうにかなるから野菜よ野菜！

かつて畑だった場所を片っ端から耕す。

ちゅど――――ん！　シュシュシュ！　……バラバラバラ……

ちゅど――――ん！　シュシュシュ！　……バラバラバラ……

地表から三十センチ下、二十メートル四方を、土魔法で真上に吹っ飛ばし、跳ね上がった土と風魔法で刻んだ雑草を攪拌（かくはん）。

出汁を取り尽くした骨を粉砕したもの、森から持ってきた落ち葉と土も混ぜて落とす。ついでに畝（うね）も作っておく。

魔法スゴイ！　なんでもできるな！

少し離れた所で遠い目をしている、侍従長とお付きの二人と昨日のおじさん。

侍女たちには領民のお世話を任せて、この四人には種蒔きをしてもらっている。どこまで畑にするか侍従長とおじさんに確認を取りながら魔法の練習を兼ねて地面を爆破、いやいや耕運機になってます。

「お嬢様〜、種がもうなくなります〜」

もう？　畑部分に食べられる雑草がなかったから予定した場所は耕すよ。休んでて〜。

全部終わらせ、種蒔き後の畑に水魔法で雨の様にサワサワとたっぷり水を撒いてから、私も休憩にまざる。

「お嬢さんすげえな。魔法をこんな風に使うの初めて見たわ〜」

「私も、つい一ヶ月前に使えるようになったばかりよ！」

「は!?」

「自分でやっててビックリしてる！　ねぇ、成長促進の魔法ってないかしら？　八割の出来なら食料として十分に使えるわよね？　他の野菜も早く欲しいし、一掴み分の種はどれくらいの豆で交換してもらえるかしら？」

おじさん改めニックさんは初めての魔法にまだ呆然としている。

いやいや使い方おかしいでしょ、と言う護衛改めマークの突っ込みは無視。

確かに夢が崩れたわねという侍女改めルルーの呟きも無視。

「魔法に関する書物が先代様の書斎にありましたので確認してきましょう。お嬢様はしっかりお休みください」

言うが早いか侍従長改めクラウスは颯爽と屋敷に向かって行ってしまった。

私の為に色々と調べてくれる。

ざっくりと聞き込みをしたところ、現在この領には私しか魔法の使い手がいない。

薄い本で培った想像力を駆使してそれらしく使っているが、魔法って何となく原理とか理屈が理解できれば応用が簡単な気がする。そしたらもっと効率よくできるはず。夢が膨らむわ〜！

ヘラヘラとしているとマークに抱え上げられ、そのまま抱っこされた。

「うわっ！」

恥ずかしい〜！　身体は五才だけど意識は二十三才なんだよ！　降ろして〜！

「今日は午後から領地まわりでしょ。お嬢のおかげで畑が早く終わったからお昼まで寝ようぜ。クラウスさんがしっかり休めって言ってたしさ」

「だからってなんで抱っこなのよ！」

「チビはこうした方が早く寝るから」

「は!?」と反論を始めるはずが急激な眠気に襲われ意識を手放す。

恐るべし、抱っことと背中トントンの組み合わせ……あ〜、うん、気持ちいいわー……ぐぅ。


屋敷に戻って大広間でお昼を食べている時にクラウスが成長促進魔法を見つけてきた！

主に花を咲かせるものらしい。やった〜！　と騒いでいると、その魔法を子どもの時に見たというおばさんがいた。

大道芸だったから、早く成長させたりものすごく大きくしてみたり、ポンと音がしたら空から花びらがたくさん降ってきたりしたと楽しそうに教えてくれた。

いいね！　いつかそんなお祭りをしよう！

気がはやったけど午後は領地まわり、というか、家々の解体作業。いつまでも広間に雑魚寝はアレなのでベッドを作ろうと言ってみた。

木から木材を作ってみたくての発言だったのだけど、それだったらうちを解体してその木材を使ってくれとニックさんが言った。一人の家にはいたくない、お嬢さんの許す限り屋敷に置いてくれと。それを聞いていた他の人たちもそうしてくれと言う。

屋敷の金目の物はあらかた売ってしまって（モチロン両親の物も。ウフ）部屋もいくつか空いたし、合宿所みたいに男女で分けて大部屋使えばいいかな。

解体してもいいと言ってくれた人たちには午前中に荷物を回収してもらう。午後から動ける男衆は解体とベッド製作。女衆にはこの間買った布で服を作ってもらう。とにかく着替えを作って欲しい。皆着た切りすずめだから洗濯もできない。いい加減臭い！　肌も荒れちゃう！

午前は畑、午後は色々と製作、夜は進捗報告と改善提起。とにかくベッドが完成するまでは毎日大広間で皆で過ごした。


実験の結果、成長促進魔法は花を咲かせるまでで実をつけることはできなかった。花が咲いたものにそのまま魔力を注ぐとなぜか枯れてしまう。本にも載ってない。悩んでいると一人のおじいさんが受粉は魔法でできないのでは？　と言った。

なるほど！　『受粉』は『成長』ではないね！

受粉を手作業でするか、風魔法でどうにかできないか、虫を使うか、とにかく何が有効かを確かめるというところまで話はまとまった。

早く作物を実らせなければと焦る私に、さっきのおじいさんが笑った。

「お嬢様のおかげで半年かかる作業が一週間で済んだ。半年腹を空かせるのは辛いが、一週間ならなんてことはないよ」

ああ。

おじいさんに抱きつく。

「死ぬまでこき使うから、毎日お腹いっぱい食べさせてあげるわ！」

それは楽しみだと皆が笑った。


結局、受粉は蜂を使うことにした。

手作業では進まず、風魔法でも吹っ飛ばし過ぎてダメ。森から見つけてきた蜂を畑一つ空間ごと区切って半日放ったのが一番よかった。その間に別の作業ができる。そして蜂蜜もできそう！　養蜂できる人がいて良かった！

受粉がすめば成長促進魔法を使う。まあまあの出来だと思ったので試しに夕飯に皆で食べた。感想は『普通』。

普通だ！　豆だ！　と、やっぱり笑いながら食べた。

豆を収穫できる頃にはベッドが人数分できたし、服も全員一着配られた。屋敷にあったシーツはとっくにオムツと産着になっている。

大広間での夕食後の定例会議。

別室に子供たちが移動するのを待ってから会議を始める。議論が白熱した時に、ケンカはやめてって泣かれる事件があってからは別室に隔離。大人の話なんてつまらないしね～。

と言ったら大人たちに半目で見られた。見た目五才児ですが何か。

「よし。いくつか目処が立ったのでこれからの収支は二重帳簿をつけようと思う。王都の両親には領地の回復を知られたくない。あの人たちにはずっと貧乏領地と思わせておきたいわ。こちらに帰って来ることもないだろうからこの間に稼ぐわよ！」

豆は八割収穫、二割は種にしてまた蒔くことに。枝なんかはそのまま土に巻き込み肥料代わりに。食用の野草も植えて増やす。薬草もいくつか見つけたのを畑で育てる。ベッド製作で出た廃材は薪に、その灰は畑に。棄てるものは極力少なく。

畑作業を作物ごとに分担したのを皮切りに、狩猟班、薬草加工班、服飾班ができ、私はそれをチェックしつつ、マークにルルー、クラウス、ニックさんにまで抱っこで昼寝をさせられながらフル稼働で過ごした。


そして半年経っての年越し。

こちらの世界にも四季があり、一年の終わりと始まりは冬。日保ちのする根菜をガンガン作って土地を酷使した自覚はあるので、冬越え用の野菜を魔法を使わず普通に植えた。土地を休ませるのもいいが、食べきれないのは肥料にするから、無駄ではないとのこと。

今年は小麦を作れたのは良かった。主食がないとつらい。贅沢を言えば米が食べたい。余裕ができたら作ってみよう。塩と砂糖も作ればいいんだけどな～。あとお酒かな～。あ、米っていったら味噌と醤油もだ。今更ながら、野菜の種類とか昆虫や動物も前世と大きく変わらなくて助かったわ～。

つらつらと呟いていたら「お嬢様の欲は際限なしですか」とルルーに突っ込まれた。まぁその欲のおかげで蜂蜜クレープができただろう、感謝するがいい！

クレープにハチミツをかけただけだけど。

初めて食べた時の子供たちの顔が忘れられない。もっと色々なお菓子を食べさせてあげるからね！　年越しのお祝いにとまた作ったけど、毎日食べられるように頑張るよ！

畑作業が少ない内に水路と道路と貯水池の整備もした。

どこぞの領地の水路工事に出稼ぎに行ったという人たちがいて良かった～。下水も作業経験が有るとのことで、あーだこーだと設計図をあげ、ついでに屋敷に大風呂を作った。森を削ってしまったけど、間伐を兼ねたから生態系は崩れてないはず！

作業用の農具や工具も一新。といっても、かき集めた農具などの鉄部分を魔法を使って溶かして、鍛冶職人に打ち直してもらったのだ。数は少なくなってしまったがなかなかの物になったとか。

マークの剣まで溶かしたから泣かれたけど。余裕ができたら剣の一本や二本買ってあげるわよ！

それまで棍棒で我慢して！

……しかし、こんなに職人が残っててくれて良かったわ～。お祖父様にはカリスマがあったのね～。お父さまは何を受け継いだのかしら？

さて、これからのことだけど……今夜も大広間での定例会議。


「うちって基本、自給自足で賄ってきたみたいだから他所に売り出す物が思い当たらないのよね。なんかある？　他所にない、うちだけの珍しいもの」

「お嬢じゃね？」

おいコラ、マーク。あれ？　なんで皆頷いてるの？

「でも、お嬢様を売ってしまったら経営が立ちいかなくなるわ。もっと余裕ができてからでないと」

ルルーさん？　私を売るのは有りなの？

「いっそその魔力を使って世界征服したらいいんじゃないか？」

ちょっとニックさん？　私に何をさせたいの!?

「お嬢様ありきで考えるならば大道芸もよろしいかと……」

「ついには芸人!?　クラウスまで！　皆私をどう思ってんの!!」

「貧乏領地の変人令嬢」

…………領民の声ってこんなに揃うもの？

仲が良いわねアンタたち…………

……まあ、笑ってるからいいか。

第二章　6才です。

一話　色々です。

「よっしゃあ！　できた～！」

女子だけの服飾班専用部屋で、出来上がったばかりの物を掲げる私。

「これが、お嬢様の仰っていた……なるほど、機能的ですね」

「でしょ？　私はいいけど、皆は年頃なんだから絶対必要よ！　もちろん女性は誰でも！」

出来上がった物、それは、ブラジャー！

平民の下着を見たときの私の衝撃をどう説明したものか……。

男も女も紐付きトランクス。

ゴムがないから当然だけど、生地は粗いし縫い目が雑だから長時間座ってるとお尻が痛くなる。

更に女子はブラがない！

いやいやいやいや。

そりゃ前世でも私の胸はささやかな物でしたよ。でも必要でした！　大事なのでもう一度。必要でした！

でも服ゴム的な物がないし、ゴムの作り方がわからない！　貴族用のコルセットなど言語道断！

何よりまだ食料の方が切羽詰まってたから後回しにしてた。布地だって、おしめに使うくらい柔らかい物を部分的に使いたいが、そんな物を買う余裕もなかった。

でもね。

食事をしっかり取るようになると、女子の体つきが気になってくるのよ！　侍女さんたちはまだエプロンがあるからいいけど、奥さんたちが！　お母さんたちが!!

そうやって一人で焦っていたら狩猟班が良いものを見つけてきた。

スパイダーシルクを吐き出す大蜘蛛を！

全長一～一・五メートルの姿に、女子一同子供全員男子一部が叫んだけれど、吐き出した糸で伸縮性のある布地ができるとわかった私の顔に領民全員が戦慄した。失礼な。

で、まずはパンツを作った。ショーツね。

皆が使っていた従来の物に比べて布地が少ないけど、身に付けた女子はたちまち虜になりました。

まあ慣れるまでは変な感じだろうけど、概ね好評。服飾班総出で製作。

そして試行錯誤の末やっと完成したブラ一号。小、中学生が使うスポーツブラのようだけど、悪くない出来。似たような体格の侍女たち何人かに順番に試着してもらった。

「なんか、楽な気がします。体を動かしてもずれないし、胸を固定してるはずなのに苦しくもないです」

よっしゃ！　即製作開始！

これを付けてると年を取っても垂れないよと言ったら皆の目の色が変わった。……うん、ちょっと恐かった。

とりあえず心配事が一つ解決したので子供たちとお昼寝しようっと。まだ六才なんで。後は任せた！

書類を整理していたら、買い出し係が情報を仕入れてきた。

「え？　物価が上がってる？」

本日は休息日。

作業をしない日を作って子供たちと遊び倒すことに決めた。

残念ながら今うちにいる子供たちの半分は孤児だ。皆で面倒をみているが当然偏りは出てくる。

戸籍を整理した時に適当に養子縁組をする案も出たけど、ほとんどの子が親を亡くしたことをわかっている。

孤児出身のマークが、物がわかるようになったら自分で決めさせた方がいいと言って、そのままに。それまでは寂しがって泣いたらそばにいる誰かが抱きしめるようにも決めた。

まあ、私が常に抱っこされて寝てるので子供たちも大人に抱きしめられるのを喜ぶのだけど、なんか複雑。だって精神的には抱っこする側だからね私。本当なら。

現状、屋敷から独立できる家庭はまだない。

大人側ではいっぱい遊んで相性を見ようって目論見もある。養子縁組はそれからかな。

で、私は一応領主なので現在執務室で書類仕事中。事務は嫌いじゃないけど私も遊びたい〜！　と黙々やっつけてたら、クラウスが買い出し係を連れてきたのだった。

屋敷の料理長ハンクさんと、なんと元傭兵だったニックさんの同僚ルイスさん。

値切りのプロに買い出しを頼み込んで護衛を一人付けたところ、見た目がかなり若いルイスさんは料理長の弟子にしか見えず、修行の為と言って聞き込みがしやすいと判明。

食材に限らず、色んな話を仕入れて来てくれる。

見てくれも人当たりも柔らかいのでとても元傭兵とは思えない。仲良くなる相手も老若男女問わない。料理長もコワモテだけどよく笑う人なのですぐ馴染む。早くも最強値切りコンビできましたよ！　是非とも後輩の育成をお願いします！

うちは国の外れにある有名な貧乏領地だから監査もあまり来ない。良くないことだけど、その隙を利用して隣国のイズリール国に行商に行っている。

王都よりイズリール国のが遥かに近いからだ。王都周辺の情報は一応新聞で知ることができるから、そっち方面に注意をしながらだけど。

近いとはいえイズリール国とは山脈を隔てているので、街道を外れたところにバレないように荷馬車一台分が通れるトンネルを作った。

だって最短で五日の山道よ！　大変じゃん！　野菜も萎びるし。

トンネルを作るには色々確認しなきゃいけないから一週間かけたけど、それで歩きでも一時間かからず行き来が可能になった。トンネル偉い！

でも馬が暗い所を嫌がったので、光魔法で作った広範囲を照らせるランタンを持って一人が先導することで、やっと解決。

大人たちもトンネルなんて炭鉱の坑道しか知らないからおっかなびっくりだったけど。

私が率先して突っ込んだものだから諦めてついて来て、くぐり抜けた時の顔は冒険したようだった。ふっふっふ。

地震や地崩れが怖いので土魔法でとにかく固めて、トンネル表面を風魔法でコーティング。そんな使い方見たことねぇよと言うニックさんとルイスさんを無視して、槍も刺さらない状態にした。更に予防としてトンネルを出入りするときにナイフで削ってみて、刃が刺さるようなら通行止めとした。魔法だって使用期限があるだろうし。


さて。物価の話に戻るけど。

「どこかで戦争でも始まるの？」

去年から国内外で干ばつや水害はなかったはず。病気が流行した噂もない。そうなると戦争くらいしか急に物価が上がる理由が思いつかない。

「隣国ではルルドゥ国とタタルゥ国のいざこざに巻き込まれそうな噂がありますね。うちには直接来なそうですが、油断はできません。王都でどう思うかはわかりませんけど」

壁に貼ってある世界地図を指しながらルイスさんが説明してくれる。

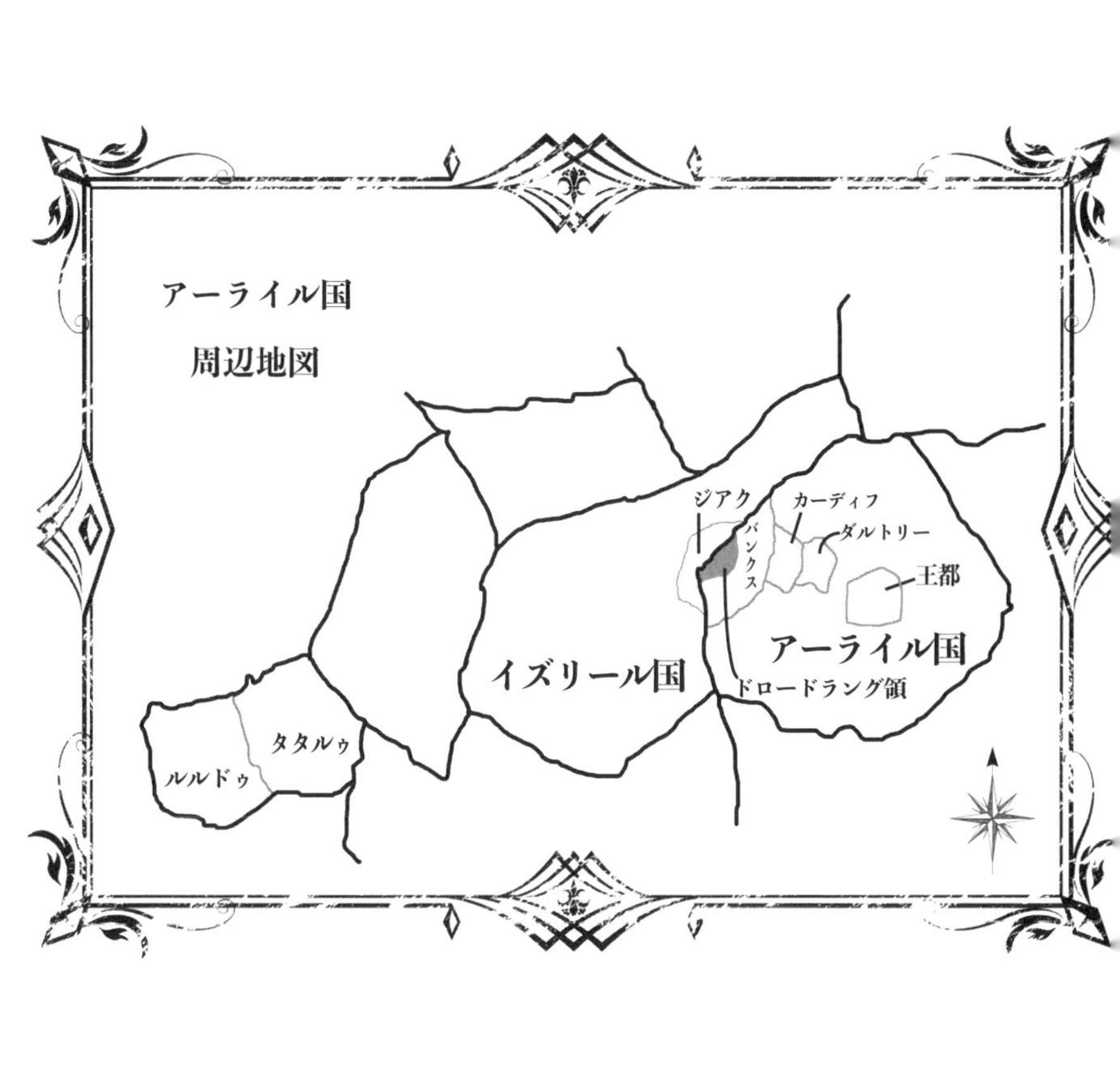

アーライル国
周辺地図
ジアク
カーディフ
バンクス
ダルトリー
王都
アーライル国
イズリール国
ドロードラング領
タタルゥ
ルルドゥ

「まだ噂なんで、物価が上がってると言っても一割もない程度です。イズリール国でも判断に迷っているようですが、備蓄は始めてるみたいですね。私らにも小麦なら今高く買い取ると言ってきましたよ」

ハンクさんも自身の意見を述べてくれる。

「ん～。噂から判断するって難しいわね。タタルゥとルルドゥの二国はたしか昔から小競り合ってんのよね？　……今、ここに介入して得をする国ってある？　クラウス？」

「ないでしょうね。国自体がどちらも小さいですし、手に入れたところでどちらも国土の半分が砂漠ですから」

「は～、砂漠か～、何も思いつかないな～」

戦争を回避する解決策も砂漠の有効活用も何もアイデアが浮かばない。

「ただ、ここの人間は機動力のある戦闘民族ですからね。取り込めるなら使い途(みち)がありますよ」

ルイスさんの傭兵らしい発言。なるほどね～。

「とりあえず領地の防衛を強化しよう。田舎で貧乏でも油断しないように。ハンクさんとルイスさんは買い出しの時の情報収集を引き続きお願い」

承知しましたと三人が礼をとる。

「じゃあ休憩にしますかね～」

と、ハンクさんが廊下に置いてたらしいワゴンごと、クッキーとお茶を持って来てくれた。

干し果物ができたんで練り込んでみましたよ、だって！

杏子(あんず)よね！　やった――っ！　……うま―――っ!!

大人たちが温(ぬる)い目で見ていたけど、美味しいものの前では気にしない！

大変美味しくいただきました。

カン！　カンカン！　カ、カン！

木剣の打ち合う音が聞こえる。

ニックさんが元傭兵とわかってから、マークや他の男の子たちが稽古をつけてもらっている。マークがいつも騎士を目指して体力作りをしてるのに釣られた男の子たちがちょっとずつ増えて、そこそこの人数になった。

格好よく「木剣」と言ったが、実のところは「棍棒」である。端材、廃材から私が作った物。マークが涙目で木剣と言い張るのでうちではそれで通すことにした。

マークの剣は鍬に打ち直されて頑張ってるよ！

言うと怒られるので黙っている。

最初は護身術を兼ねた運動をして体力をつけようって目的だったのに、すっかり少年格闘部になってしまった。しかもマークの面倒見の良さも発揮され、団結力が高い。

そのせいで女子が交ざりにくくなってしまった。

別に仲が悪いわけではないし、性別的に適度な方法があったりするので、ニックさんとルイスさんは別に良いんじゃね？　と言う。

まあね、私のお転婆具合を誤魔化すために発案したのであって、本気で強くなりたいわけではない。

私の前世は貧乏で長期休暇は毎回山に籠っていた。

木登りがしたい！　川で泳いで魚も捕りたい！

サレスティアの体はお嬢様なのでまだまだ鍛えなければいけないが、前世では六才で木に登って木の実を採ってたのよ！　家族に猿と言われる程登ってたのよ～。素手で崖も割といけたのよ～。

夢だった、木から木へ飛び移るってのを魔法でカバーしてできんじゃね？　と思ったらウズウズするのだ。

一度、皆の目を盗んで一人で木登りしようとしたら、一メートルも登れずに終わったのが悔しかったわ～。

「あ、いた。女子はあちらでやってますよ？」

男子部の方が稽古時間が長いので、いいなぁと眺めていたらルルーが迎えに来た。

「ごめん。木剣のいい音が聞こえたから覗きに来ちゃった。マークは頑張ってるわね！」

「そうですね、早く真剣を買うために頑張ってますよ」

剣を鍬に加工されたマークの落ち込みようは長引き、とうとうニックさんが、自分から一本取れたらへソクリで買ってやると言ってしまった。ただし一番安いヤツだからなと釘を刺してたけど。

それでもマークは嬉しかったようで、ニックさんと対戦する時はものすごく気合いが入る。

……その対戦姿を見るルルーの姿を見るのが最近の楽しみだ。ドライなクールビューティーかと思えば、なかなか可愛いじゃないの～。

「ルルーから見てどう？　一本取れそう？」

「そうですね、動きも様になってきたんじゃないですか？　まあ、私は素人なのでわかりませんけれど」

「そうよね。私もわからないけどニックさんにはまだまだ余裕があることはわかるわ」

「……報われるといいですね」

「応援したら？　ルルーの声で奮起するかもよ？」

もはや六才児にしてオバハンである。まあ実質そうなんだけど。でもルルー可愛い！

「せっかく集中しているのに、そんなことできません」

これだ。でも耳が赤いですよ！　うふ。

はあ～、いつか恋バナできるかな～？　恋人がいたことないのでまったく参考にならないけど……………兄、姉にはいたのにな～？

「さ。行きましょう」

二人は私の専属だからね、チャンスはいっぱい作ってあげるからね！

そうして、ルルーと手を繋いで女子部へと向かった。

「は～ぁ、いまだに信じられない、大蜘蛛飼育……」

私に付いて来たニックさんがげんなりした。

「任せっぱなしでご免なさい。大人しくしてる？」

「ええ。元々大人しい部類の生き物らしいですからね。餌さえ置いときゃ糸も出してくれます。こんな爺でも楽に世話ができてますよ」

とロドリスさんが答えてくれる。

そう、ここは大蜘蛛の飼育場。

と言っても森の一部を風魔法で空間を区切って蜘蛛を閉じこめているだけの場所。餌台に一匹につき一羽分の鳥肉（いつも狩ってる野鳥）を置いておけば、暴れず共食いもせず、二週間は糸を吐き出してくれるいい子たちである。

おかげで領民全員の下着も替えが出来上がった。

野郎連中には従来のに比べて頼りない感があるようだが、概ね好評。

ここの担当者であるロドリスさんは農業一筋だったけども、お年を召して最近作業がキツくなったということで、ここの管理をお願いした。

餌を台に置いて糸を回収し、蜘蛛の観察をする。大雑把な生態しかわからなかったので何かあれば記録してもらう。

ここに足を運ぶ女子は私だけ。良い布地の原料だろうと規格外の大きさの蜘蛛は受け入れられないらしい。でも、子供たちは度胸試しで近くまでは来てるようだ。たまにロドリスさんと一緒に糸を運んでいる。意外にも蜘蛛は静かな環境を好むようで、子供たちが近づくと木に登って隠れるらしい。餌としてロックオンすると思ったのに、お腹が満たされると無駄な物を狙わないのは助かる！

なので、最近の子供たちの遊びは隠密ゴッコである。蜘蛛に気づかれずにどれだけ飼育場に近づけるか、ジリジリ動く姿が可愛い。ちなみに今のところ全敗だって。

「この広さだと十匹で丁度いい感じですよ。それぞれの縄張りから動きませんね」

「おぉぉ、ここ、十匹もいるんだ……」

「そっかー。もっと生産するには別に区切らないと駄目か。ニックさん、腰が引けてるわよ？」

「蜘蛛は無理」

「こんなに大人しいのに。ねえ？　ロドリスさん」

「本当にびっくりするくらい大人しいよ。油断してしまうから子供たちには気を付けさせないと」

あ、今まさに私が油断してる。気を付けないと！

「餌の問題もあるから、しばらくは規模をこのままにするわ」

「子ができたらどうしますか？　いや卵はありませんが、これからのことです」

「うーん、数によるわね。体が大きいと産卵の数も少ないと思うけど、多かったら処分だわね。残念だけど」

「ですよねぇ……」

残念でもしょうがない。愛着湧くんだろうな。毎日一緒だもんね。大蜘蛛だけど。

「ていうか、雄、雌の違いがわからん。どっちもいるのか?」

あ。

ニックさんの疑問にロドリスさんと見つめあった。


「あー、テステス」

『なんすかそれ?』

「音の調子を確認する為のおまじないよ」

『へー。じゃあ俺も。あー、てすてす』

「ちゃんと聞こえるわよー。じゃあルルー代わってー」

『え、何で?』

「私以外でも問題なく使えるか知りたいのよ。ハイ!　ルルー」

「あ、あー、てすてす。ルルーです。聞こえますか?」

『マークです。聞こえます。ははっ!　ルルーの声がすげえ近い!　変な感じ』

ルルーがピシリとなった。

確かに変だろうけども、言っちゃ駄目だろ、言葉を選べよマーク！

『やっぱりルルーの声って近くで聞いても良い声だな』

天然！　まさかの天然タラシ発言が出ましたーっ！　マークってこんな子だったの!?

私はピッタリくっついてるから聞こえるけど、ルルーは安定の耳だけ赤い無表情。でもボリュームとしてはばっちり！

本人にしか聞こえない。

え～ナニコレ、もしかして私の出番なくてもルルーが頑張ればかなり良い感じになれる？

まあいいけどー。まー、いーいーけーど――。


これまた試行錯誤でやっとできたよ、通信機！

機械じゃないけど。

その昔、兄弟でサバイバルゲームもどきで遊んだトランシーバーより遥かに高性能！　ちょっと前のガラケーくらいにはクリアに聞こえる。

今はその有効距離を測っているところ。トンネル出入口から百メートル程横にずれた場所です。マークがいるのは山向こうの出口。領地の端から端で使うことができたので、山が邪魔してもいけるかどうかのテスト中。

よし。山もクリア。

後は肝心の距離だけど、買い出しの時にテストだなー。

魔法の媒介としては純度の高い宝石がよく使われる。

領内にそんな物はないし、両親の質の劣るお宝は全部売り払ってしまった。

落ち込んだ私は見つけました、黒魔法！　じゃじゃん！

……お祖父様は魔法がまったく使えなかったはずなのにどうしてこんなにも魔法書を収集してたんだろ？　……憧れか？　憧れたんだろうなー、魔法ってカッコイイよねー。

そして読んで思った。

黒魔法として知られる生け贄を必要とする危ない魔法は、貧乏魔法使いが宝石を買えないから編み出されたものだと！

切ない……！

なぜにそう結論づけたかというと、血って、ものすごく使えるのよ。色んな要素を増幅させるんだわ。恐ろしい程魔力を底上げしてくれる。

貧乏人が宝くじに当たって身を持ち崩す程に圧倒的なもの。

魔法使いからすると、それくらい魅惑的なもの。

そりゃあ禁忌となるわ。私も気をつけなきゃ。

命に一番近いものだから？　と私なりにぼんやり推測してるけど、真相は謎。

だって「魔力」の説明が私にはできない。

ひどい魔法書には「天からの授かり物である」と載っている。赤ん坊か！

今回作った通信機は、木製イヤーカフに、私の血玉直径一ミリを魔法で加工して付けてある。乾いたり酸化すると精度が落ちるので、水・風魔法でコーティングから始まり、あれもこれもと重ねがけをしてもびくともしない。こんなに小さいのに……怖いわー。

ただ、魔法使いの血の方が一般人より重ねがけをしやすい。それは私が何か魔法的な物を作る時はクラウスがそばにいてくれるので、協力してもらった結果わかった。

クラウスの血も能力を限定すれば問題なく使えるが、あれもこれも付けたいの！

乙女は欲張りなのよ！

やっぱ通信機器に溢れた世界出身としては、買い出し班も心配だし、魔物と対峙することの多い狩猟班も心配。

ついでに領地周辺の情報、王都情報も正しく手に入れたい。狼煙（のろし）や手紙じゃあ、遅い。

乙女は欲張りなの！

ただ、いろいろとアレなので、常時通信できないようにして起動スイッチ代わりに合言葉を募集したところ、一対多数で「お嬢」になりました。

そこは早めに改良したいと思います！

トンネル近くの丘にドロードラング領の墓地がある。
今は領地で一番花が咲き乱れている場所。

お祖父様、私はまだまだいろいろ足りません。その時までどうぞ見守って下さい。皆に毎日お腹いっぱい食べさせる。やってやりますよ〜！　お祖父様を目指しますが負けませんからね！

向こうでクラウスが穏やかな顔をしている。

「奥さんとお話はすんだ？」

「ふふっ。いつも話を聞いてもらっていますからね。特別なことはありませんよ。お嬢様はもうよろしいのですか？」

「私はお祖父様に宣戦布告をしに来ただけだもの。終わったわ」

「ははっ！　強敵ですなぁ」

「だから皆といられるうちに勝負をするわ！　まだまだクラウスも頼らせてよね？」

「勿論でございます。まだまだ若い者には負けません。どうぞ頼って下さい」

「……ありがとう」

ここには、わざと花の種を蒔いた。

華やかになるように。

ここに眠る、この領地の原点が、ここに眠ることを、誇れるように。

ここを訪れる度に、誰かの哀しさを減らすことができるように。

ここで誰もが、安らげるように。

領地を見渡せるこの場所で、幸せを感じることができるように。

「今度ここでお弁当が食べたいわ！　ハンクさんに相談してみよう。皆でお墓参りをしてピクニックをしましょうよ！　こんなに見晴らしが良いのだもの、きっと楽しいわ！」

「ここで……墓地でピクニックなど聞いたことがありませんが、良いかもしれませんね」

奥さんのお墓を優しい目で見つめる。

きっといつか、誰もがそんな表情でここに来るようになるといいな。

「あ。お嬢様、花を植えるのもよろしいですが綿花を植えませんか？」

「綿花？　ここに？」

「はい。引退したらここで一日作業するのも良いと思いまして」

「あは！　そうね、それも良いわね！　よし今夜の会議で皆に相談しよう！」

そうしてクラウスの大きな手と手を繋いで屋敷に帰った。

ごっつい手。

じいちゃんとお父さんを思い出した。


『お嬢！　大変です！』

「どうした！」

『北担当ヤンです！　防護柵を破って五頭の大イノシシが入り屋敷方面に向かってます！』

「怪我は！」

『俺含め二人が腕に切り傷、一人が体当たりを喰らって気絶、出血なし！』

「わかった！　こっちは任せて、あんたたちは動かずその場で待機！　私が行くまで待て！　危険があれば移動！」

『了解！　待機します！』

「クラウス！　お願いね、行ってくる！」

言うやいなや、返事も待たずに執務室を飛び出す。

すぐにクラウスの声で領内に緊急警報が響く。

『北より、五頭の大イノシシが襲来。北より、五頭の大イノシシが襲来。全員屋敷か避難場所に移動してください』

六才児の足じゃ現場に着くのは遅すぎるので、屋敷の北側バルコニーに出る。遠くに見える土煙がものすごい。五頭は散らばらずにまとまって突進してくるようだ。狙いやすい。

私は両手を前に出して構えた。

そう、前世の国民的アニメの主人公と同じように……！

「それ、以上は、うちの、芋畑だ、……入るな――っ!!」

一度腰元に引っ込めた両手を、狙いを定めて魔力を溜めて、再度両手を前に出すのに合わせて思いきり放出！

手から出た魔力は網のように広がり、五頭を一気にからめ捕った。まだまだ暴れる奴らをそのまま持ち上げ振り回す！　振り回す！　振り回す！　振り回す!!

ようやく目を回した大イノシシを放り投げ、ピクピクする奴らを見てほくそ笑む私。

「食料確保！」

いやぁ良い仕事した！　干し肉作ってもらおうっと！

「お嬢より。ヤンさん、今からそっちに行くから！」

『お嬢相変わらずッスね～、参るわ～。こっちは意識戻りましたし、軽傷ですよ』

「ダメよ。そうやって油断すると傷の治りが遅くなるんだから。さっさと治すからイノシシの解体よろしく！」

『あぁそうでした。五頭か～』

『お嬢。あの大きさじゃあ、血抜きだけで一日かかりますよ？』

「ラージスさんも無事で良かった！　体当たりされたのは誰？」

『お嬢～。トエルッス～、痛ぇ～』

「生きてて良かったわトエルさん！　生きてりゃ治せるから、もうちょっと辛抱してね」

『うちのお嬢は、ほんと、とんでもねぇ……』

『末恐ろしい……』

『痛ぇ……』

聞こえてるっつーの。

会話をしながら執務室に飛び込み、スケボーを抱えて執務室のバルコニーへ出る。なるべく北に向かってスケボーに乗って蹴りだす。

ヒャッホ――イ！　たーのし～ぃ!!

そう、スケボー擬(もど)きです。どちらかと言うならばホバーボード。車輪なし！

最初は、移動するのに自転車を作りたかったのだけど、材料がない。

六才児でも扱える物となるとかなり限定されてしまう。

だけど私は出会ってしまった黒魔法を駆使して作りました！

材料は、板、私の血を一滴、魔力の三つだけ！

……なんと経済的！　ビバ！　黒魔法！

あの小学生探偵の必須アイテムにヒントを得て作りました！　ビルからビルに飛び移れるくらいの出力もいずれは出したい！

二階から飛び降りるなんて、風魔法でお茶の子よ！　何が嬉しいって、木登りできなくても使えること。皆に私が運動音痴ではないと証明できたわ！

猿と呼ばれて育ったからには、運動音痴は許されない！

見たか！

……誰と張り合ってるんだろ……？

地上二十センチメートルを右、左とスケボーの様に蛇行しながら進むと、大イノシシが見えた。

大イノシシと言われたからそう呼ぶけど、軽トラサイズのイノシシなんて初めて見た。

ただのモンスターじゃないの！

トエルさん、こんなのに体当たりされてよく生きてるわね……この世界の人って案外丈夫よね。あんなにガリガリだったのに、病気にかかってもなかったし。ゲームだから？

皆が生きてるからどうでもいいや。

魔法の網は気絶してるイノシシに絡まったままなので、そのまま脇を通り過ぎる。気がついても動けまい！

「あ！　ヤンさーん！　ラージスさーん！　トエルさーん！」

声の限りに呼ぶと、三人で手を振ってくれた。

「トエルさん無理しなくて良いわよ。でもゴメン、二人から診るね。うーわっ！　結構出血してるじゃない！」

「牙にちょろっと引っかかっただけなんですよ。見た目よりは浅い傷ですよ？」

「ラージスさん、私はこんな大ケガしたことないわ。騒ぐに決まってんでしょ……はい終了。ヤンさん……はい終了」

手をかざして、治れ～と念じると傷口が綺麗に塞がる。

呪文要らずのサレスティア。スゴいわ～この子。何でもできるのね～。恐ろしい娘！

さてトエルさん。

両手をかざして頭から爪先へゆっくり診察。肋骨と左腕の骨にひびが入ってる。内臓は大丈夫ね。

な～お～れ～～っ！　……よし。

「……痛くない！　お嬢！　ありがとうございます！」

「どういたしまして……はぁ、三人とも無事で良かった」

やっぱり回復魔法が一番疲れる。狩猟班の手当てをするようになってから感じていたけど、確信した。ん～、これは要議題だな。

「お嬢？　屋敷まで自力で帰れますか？」

「ん～、ごめん、誰か送ってくれる？　あ～、防護柵も直さなきゃね～」

「防護柵は俺らに任せてくださいよ。それくらいチョロいッス」

「ありがと～。頼むね～」

「後でその板貸してくださいね！」

「わかった～」

「じゃあ、俺がお嬢を連れてくわ」

「ありがと、ラージスさん～」

「頼んだぞ」

ヤンさんの声を聞いて、目が覚めたらベッドで子供たちと雑魚寝中でした。

あ。お昼、食べ損ねた！

二話　躾です。

「だからっ！　やっちゃ駄目だって言ったでしょうがっ!!　お仕置きじゃあ！　高い高――――いっ!!」

ぎゃあああぁぁぁぁぁ～～……

あっという間に空高く砂粒ほどになった人影を皆で見上げる。

すかさず地を這うような低い声で、畳み掛ける私。

「つ～ぎ～は～だ～れ～だ～～ぁ？　ぁあ!?」

ぎゃあああ!!　ごめんなさ――い!!

いやだ――!!　ごめんなさいぃぃいい!!

もうしませ――ん!!　ごべんばばい――!!

阿鼻叫喚。ｂｙ子供たち。

ことの発端は三日前。

「お嬢様、お暇(いとま)をいただきたいのです」

侍女長として私を支え、服飾班の長でもあるカシーナさんが執務室を訪れた。

「え!?　お休みではなく?」

「はい。最近は目が霞んで物がよく見えなくなりました。このままではご迷惑をおかけしてしまいます。お屋敷の仕事はできなくなりますが、機織りはできると思いますので、そちらで働く事をお願いにあがりました」

淡々と理由を話すけど、それって私が下着や服を一気に大量に作らせたからじゃないの?

「待って待って!　何日かゆっくりしたら治るんじゃないの?」

「いいえ。実を言いますとお嬢様がいらっしゃる前からなのでございます」

栄養失調の合併症か?

「まず私の回復魔法で治るか試してみよう!」

「そんな!　もったいない!」

「これから貴女がいなくなることほどもったいないことはないわ。ちょっとそこに座ってちょうだい」

躊躇(ためら)うカシーナさんを無理矢理床に座らせ（ごめん!　届かないから!）、左右の目尻に両手を添える。

な〜お〜れ〜っ!

「……どう?」

「……申し訳ありませんが、何か書類を見せてもらえませんか?」

様子を見ていたクラウスが机から書類を彼女に渡す。受け取った途端に目を細めて、更に腕を伸ばした。

老眼!!　まだ三十代のカシーナさんが!

……絶対に裁縫仕事でとどめだったんだ……なんてこった。

がっくりする私に慌てるカシーナさん。

「お嬢様、私(わたくし)、機織りが好きなのでございます。侍女長を務(つと)めあげた後は、ひそかに機織りを夢見ておりました。ですのでどうぞ落ち込まないでくださいまし」

優しく背中をさするカシーナさんは柔らかく微笑んでる。

「ごめん!　今貴女を手放すなんてできない!　なので眼鏡を作ります!　クラウス、資料はある?」

眼鏡という単語に驚く二人。超高級品なのは私だって知っている。お父様すら欲しがって買えなかった物。

「商品目録はございません」

申し訳なさそうに言うが、そっちが知りたいんじゃないよ。

「買わないわよ。高価な事は知ってるから。眼鏡の作り方の本とかない?」

「……お嬢様、高級品は作り手が製造方法を隠します。その様な本は残念ながら我が領にはございません」

おっとうっかり!　そらそうだ。

「じゃあ、どうにか作るから。その眼鏡を使ってみてね、カシーナさん。悪いけど、あと十年は確実に貴女にここにいてもらうわ。夢が遠のいてゴメンね？」

実はカシーナさんに抱きつくのが一番心地いい。お母さんよりカシーナさんの方が遥かに美人でスタイルがいいのに、雰囲気が近い気がする。ゴメンねと言いながら抱きつくと、そっと抱きしめてくれる。

「……ありがとうございます……」

レンズ部分は水魔法を使えばなんとかなるだろうから、枠よ、フチよ。とりあえず木でしょ。肌に当たる箇所をどうしよう？


ということで、通信機用イヤーカフを作り終えたネリアさんにお伺い。

「眼鏡のフチ？　何だいそれ？　まぁた変なモンこさえようとしてんのかい」

ですよね〜。ただいま婆ちゃんに呆れられております。

細工師のネリアさんは御年(おんとし)ろく、ゲフガフ、クラウスよりもいくつか年上。細い体だけど、職人気質(かたぎ)のせいか大きく見える。

彼女に腕を組んだ格好で見下ろされると服従しそうになるよ、気をつけて。

でも態度が雑でも仕事は確実。模様を彫るのも工作も大好物な人。あらかじめ描いた眼鏡の絵に釘付けだ。そのまま、あーでもないこーでもないと打ち合わせ。

「お得意の魔法で、こう、柔らかい物はできないのかい？」

「あ！　スライムみたいな！」

「……あんなモン、肌に付いたらベッタベタだろうよ」

「もっと硬めにね、そっか。試そう。ありがとネリアさん！」

「アタシもお嬢の変なモンを作るの楽しいよ。ただし、急な大量発注はやめとくれ。弟子が育ったら受け付けるよ」

　変なモンって……まあ、そうかもしれないけどさ～、イヤーカフは早急に欲しかったんだもん。拡声器も作ってもらったけど。スケボーも実は模様を入れてもらった。

　……確かに変なモンばっかだわ……

「そうだ。ネリアさんも眼鏡いる？　細かい作業の時に使ってみたら？」

「そんなもん要らないよ。と言いたいけど、いつかは見辛くなるからねぇ。それからにするよ」

「了解。じゃあよろしくね～」

　そうして屋敷一階調理場脇の小部屋を出た。


　次の日にはできてしまった。ネリアさん早いよ！　その目の下の隈は何!?

　さっそくカシーナさんにかけてもらって具合をみる。前世でオーソドックスな黒縁眼鏡の木の色版。おお、黒じゃなくても知的～！　似合う～！　ネリアさんも思ったのか、カシーナさんが眼鏡をかけた瞬間に、「おっ」って言った。

「初めて作ったから慣れるまで調整することになるけど、とりあえず、こめかみはキツくない？」

「よくわかりませんが、痛くはないです」

「よし。ネリアさんいい仕事！　じゃあ一旦はずしてね、レンズ入れるから。悪いけど、少しカシーナさんの血をもらうわ。水の玉を二つ出すから、一滴ずつ垂らしてね」

蠟燭の火で炙った針をカシーナさんに渡す。言いながら作った水の玉を彼女に差し出す。血液が水に溶けたところで魔力を入れる。カシーナさんが見えやすいように出来上がってと願いを込めて、木製フレームに合わせる。

眼鏡一号完成。見た目は完璧。

再度かけてもらい、適当な書類を渡す。

カシーナさんが目を見開いた。

「見えます……読めます！　ありがとうございます！」

「は～、良かった！　カシーナさんにはまだまだ私のお守りをしてもらわないとね！」

「……はい。お嬢様が立派な淑女になられますようにさらに邁進させていただきます」

あれ？

「あっはっはっは！　お嬢、これから忙しくなるな？　変なモンを作るときはまた声を掛けとくれ」

お嬢様教育が増えた。えぇぇ～、マジすか……

カシーナさんの眼鏡に皆が飛びついた。カシーナさんの代わりに私が眼鏡を離したり近づけたり、目が大きくなったり小さくなる不思議を説明し、最後に太陽だけは絶対見るなと強く注意。

にもかかわらず、一人二人はいるんだよ。

確かに最初に遊んだ私が悪い。園児や小学生になぜ危険か説明したところで、試さないわけがない！

わかっていたのに油断した。

まさかカシーナさんから眼鏡をくすねる猛者（もさ）がいるとは！

原因は私だ。怒られるべきは私だが、絶対するなと何度も言ったことをやらかした。

次は自分だ！　と子供らが眼鏡を取り合い、最後に順番が回ってきた眼鏡を掛けた子に太陽を見上げさせた。

ので。今、制裁中。

なまはげと化した私相手にひるまず謝罪の言葉を叫ぶ子供たち。

……～ひゅるるるるる――――っぽおおお～ん……

そんな中で見えない巨大空気クッションに落ちてきたマーク。涙、鼻水、コダレの三コンボにおまけの白目。漏らさなかったのには心で拍手。

兄貴と慕う男の姿に愕然とする犯人。

そう。マークは少年団のリーダーなので監督不行き届きで吹っ飛ばされた。

「ダン！」

名を呼ばれた少年は飛びあがる。これから自分の身に兄貴と同じことがおきると思って震えている。

涙、鼻水が大変なことに。

「お前が子供だから、何かやらかした責任は大人が取るんだ。いいか、お前のせいでマーク（まだ成人前だけど）はこうなった。私が駄目だと言ったことを守らないとこうなるということを覚えろ！」

「は、はいぃ！　ずみばぜんでじだ！」

頭を下げても私の仁王立ちは直らない。不安気に少し顔を上げるダン。

「ダンが一番に謝らなければいけないのは誰？」

ハッとして一人の少女を探す。そして見つけた少女に向かって行く。

「ひ、ヒューイ、ごめん！　本当にごめん！　……ごめん。目、大丈夫か……？」

「……うん、大丈夫だよ。いつも通りに見えるよ」

「……ごめん」

「ダン、私もカシーナさんに謝るよ。一緒に行こう？」

「お、俺がやったんだからヒューイはいいよ！」

「だって、私が小さな花を見たいって言ったから持ってきちゃったんでしょ？　私も一人だと怖いから一緒に行って？」

「うう……わかった」

そうして二人でカシーナさんのもとへ向かう。交互に頭を下げた後はマークのもとへ向かい、朦朧（もうろう）としているマークにまた二人で頭を下げた。

そして私のとこへ戻ってくる。

「お嬢。私が眼鏡を使ってみたかったんです。ダンは持ってきてくれたんです。私のせいです。すみませんでした」

「お！　俺が！　眼鏡で太陽を見てみろってヒューイに言ったんです！　すみませんでした！　もうしません！」

十才の二人が、六才の私に頭を下げる。

「ヒューイ。今回はダンが悪い。人の物を勝手に持ち出すのは泥棒よ。そして、眼鏡で太陽を見ると、ひどいと目が見えなくなるの。私にも治せないものはある。だからカシーナさんは眼鏡をかけたし、ヒューイの目が見えなくなってたら眼鏡ではどうにもできない。ゴメンじゃ済まない」

私の言葉を理解したのか、ダンが青い顔で震えている。

「ダン。どんな物でも使い方を間違えると取り返しのつかないことが起きるわ。皆も！　覚えておくように！」

「「「はい！」」」

「……よし。じゃあこれで終わり。ヒューイは眼鏡を作るから私とおいで。ダンはマークのお世話をよろしくね～」

そうして、ヒューイと手を繋いでネリアさんの作業部屋に向かった。

とりあえず一件落着かな？

躾って難しいわ～。子育て経験なんて、弟にした鉄拳制裁しかないからね。

マークも成人前なのにご苦労様～！


私に治せないもの……先天性のもの、病気、老化。

そのことに気づいた時、サレスティアの魔法は万能じゃないんだと気が引き締まった。

幸い、うちには元気な人しかいない。

……本当に、幸いだ。

毎日誰かがバカをして笑う。

笑って、一日を終えることができる。

ここに来られて良かった。

それだけは王都の両親に感謝してる。顔を忘れそうだけど。

眼鏡が必要だったのは、カシーナさんの他にヒューイとルイスさんだけだった。

聞けばヒューイは生まれつきのよう。孤児出身のため詳しくはわからないが、視力が悪いせいで動きが遅く、遊びでもハブられることが多い。本人には弱視の自覚がなく、なぜ他の子と同じようにできないか悩んでいたそうだ。

皆と同じようにというダンなりの気遣いだったのだろうが、ヤツの気質はガキ大将だから、案の上空回りである。それでもマークにつられて年下への構い方が良くなってきていたところにこの騒ぎ。残念！

ルイスさんは傭兵時代は弓の名手だったらしいが、年々狙い辛くなっていき、ナイフを使う戦闘スタイルにチェンジ。それも辛くなり、嫁さんを見つけて引退してたニックさんを頼ってうちに来たそうだ。

理由を聞いて納得。道理で狩猟班の弓の練習にルイスさんが駆り出されるはずだ。私としては〝値切りのルイス〟という二つ名を進呈しようと思ってたのに。残念！

張り切ったネリアさんのおかげで、翌日には二人とも眼鏡をゲット。

レンズには本人の血が入っているせいか、上手い具合に自動調整されるらしい。どこを見ても見えると気に入ってもらえた。狙い通りになってホッとした。黒魔法スゴいわ～。

フラフラのネリアさんをベッドに放り、ルイスさんの弓の腕に皆で惚れ惚れとし、ヒューイの眼鏡っ娘ぶりに皆で悶えた。

「すごい！　よく見える！　ありがとう！」

なーんて、満面の笑みを向けられたダンが赤い顔で気絶した。

……わかる!!

最近、夜な夜な大人たちがこっそり集っているらしい。

というのも、子供組は燃料費節約のため（本当はライトもあるけど早寝もさせたいし）、ほぼ日の入りに就寝。私は会議があったりするからもっと起きているけれど。それでも八時くらいには寝落ちするので、それまでにはベッドに入るようにしている。

私は日の出までグッスリだけど、子供組の何人かは夜中（推定十時）にトイレに起きる。その時にコソコソとする大人を見かけるそうだ。

ほとんどの大人が調理場に集まってコソコソと、そして笑っているらしい。

……しょーもなさそうな気配がプンプンするけど、一応覗いてみるか。

確認に集まったのは男子部プラス女子部。ほぼ全員。

……せめて五才以下は寝てなさいよ、元気ね……

なるべく足音をたてずに、私を先頭に調理場の扉の前に立つ。

アイコンタクトを交わし、扉を勢いよく開ける。

呆気にとられている大人たちの隙をついて、なだれ込み、囲っているものを確認。

瓶が何本かと薄切り肉の串焼きが置いてある。大人の手にはコップ。そしてうっすら赤ら顔。

「……酒盛り？」

「当たり。蜂蜜酒」

苦笑しながらニックさんが手に持ったコップを小さく掲げた。

蜂蜜という言葉に子供たちは騒然。子供たちにとってはお菓子のくくりだからね。大人だけズルい！　とあちこちから聞こえる。

あまりの勢いにハンクさんはじめ料理班が明日のお菓子を約束させられた。

私はというと、酒を飲めない年齢だし眠いので部屋に戻った。私はビールよりも日本酒なのです。

では、おやすみなさい。

微妙に懐かしいシップの匂いがする。保健室みたい。

「お嬢！　いらっしゃい！　保管箱、とても便利ですよ～！」

常時、四、五人が薬草の調合をし、治療も兼ねる部屋。

いつかの会議で、私の回復・治癒魔法が万能ではないことと体力の消耗が激しいことを議題にした。物のない中でこれはかなり痛手だ。うちには薬師はいるけど医者はいない。

まあ、お医者はエリートなので、王宮お抱えか王都に集まってしまって地方にはほとんどいないため、仕方ない。治療に使う物資が足りない事が地方に医者が行きたがらない理由の第一位らしい。

私の魔法で手術的な事はできてもその直後から私は眠りに入ってしまう。ヤンさんたちがその現場を見てる。その説明もあって、あまり私に回復系を使わせないことに決定。

正直助かる。

あまり考えたくないけど、この世界は何があるかわからない。戦争はどこかであるし、魔物もいる。毎日ガンガン使っているけど、私には〝魔法〟が不確定要素の一位だ。

攻め込む理由が見つからないほどの貧乏領地だけど、巻き込まれない保証はない。魔物の大群が押し寄せない保証もない。

もしもの時に、領民を守れる、もしくは逃がすだけの時間を稼ぐ火力が欲しい。

睡眠中なら起こされれば目覚めるけど、回復系魔法を使った後は体が回復するまで目覚めない。

何かが起きて選択した先に何が残るのか、現在私を信用してくれていることを嬉しく思うからこそ、手が震える時がある。

領地復興をする前に私の魔力が尽きても、どうにかなるようにしたい。

ゲームではヒロインたちが世界を平和にして終わる。

その中で、皆には心豊かに生きてもらいたい。

できれば、できれば私もその中にいたい。

ゲームの事は言わないが、私が不安に思っていることを会議で話した。

「ならば、多少の怪我、病(やまい)は私ら薬師にお任せくださいな。畑を耕すよりそっちが本職ですからね！」

軽やかに意見を出したのは薬草加工班のチムリさん。小柄なオバチャンでムードメーカー。

「現在薬草畑は大繁殖中で、加工と調合に集中したいと思っていたところです。ただ加工すると保存が効かない薬もあるんです。成分を変えずに保存が効く箱か袋があるらしいので、それを用意して欲しいです。高価らしいので一つでもかまいません」

「え！　そんな物があるの？」

「あるよ。傭兵、冒険者には必需品だ。駆け出しはまずその袋を買う為に稼ぐんだ。それから行動範囲を広げていく。俺もそうだった。まあ、金に困って売っちまったから今はないけどな」

私の疑問に答えてくれたのはニックさん。

そんな便利道具、ゲームの中だけじゃなかったんだ……あれ？

「もしかしてマークかルルーも持ってた？」

「はい。お館様から小さな袋を一つ、お嬢様へともらい受けましたが、こちらに着いて最初の買い出しで売ってしまいました」

「お嬢のドレスより良い値で売れたよ」

ルルーとマークが教えてくれた。

……なんてこった、そんな便利道具を見逃していたとは……

もったいない～っ！　複製のチャンスを逃し悔しがる私に福音が。

「俺持ってますよ。見ます？」

「ルイスさん！　良い男！　嫁のあては任せておいて！」

「嫌ですよ!?　なんで保存袋だけで嫁の世話されるんですか!?　しかも六才に。勘弁してください」

「ええ～、最近カシーナさんと良い感じだって子供情報があるんだけど～？」

「ばっ!?　なんでここで！　あっ！」

真っ赤になって頭を抱えるルイスさんを皆でニヤニヤ眺める。カシーナさんも湯気が出そうだ。

なんだ、私の周りは春が多いな！

……くっ！

「ほんと勘弁してください。今口説いてる最中なんで！」

開き直ったルイスさんが叫ぶ。周りはおおーと囃し立てる。

「だから～、手伝ってあげるって～」

からかい半分で言った一言に、キラリとルイスさんの眼鏡が光った。

ん？

「言いましたね？　よし言質取った！　お嬢、俺の好きな女は仕事熱心なんです。なかなか良い返事をくれないのはどうしてと聞いたら、お嬢を淑女に育てあげるまでは結婚できないと言うんですよ」

……あれぇ……？

「俺ら二人ともいい年越えてるんで早く結婚したいんです。俺らのために、来年までに、淑女になるように、手伝ってくださいね？」

「……やっちまったぁぁぁ!!」

私の叫びに広間大爆笑。

そうして泣く泣く袋を手に入れた。

〝値切りのルイス〟、恐ろしい男！

それから袋を捏ねくりまわし、成分解析。チムリさんにどんな薬を入れるか聞き込み、書物を調べ、黒魔法でアレンジすることにし、土木班に指定した大きさで木箱を発注。

できたそれを持って、ネリアさんに加工を発注。まずは五個と言ったら、まずは？　と片眉を上げられた。重ねやすいように作ってくださいと、へっぴり腰でお願いする。

木箱と同時にそれらを仕舞う棚も、薬草加工班の部屋に合うように土木班に頼む。

ついでに子供ら用にリュックタイプの保存袋も作ったら、女の子たちが小さな刺繍を施しはじめた。

一人でつまらないと駄々をこねた私の為に、年頃女子も淑女教育に強制参加。人数がいると学生のノリで楽しいので、今のところ順調だと思う。刺繍も授業の一つで皆は器用に刺すのだけど、色糸が少ないので小さい模様で練習中。

それをバッグの見分けがつくようにと進んでチビ用に刺していく。

気が利くのぉ～。と感心していたら、お嬢様はご自分でなさいませ、とにこやかなカシーナさんに背後から言われた。ハイ！

「ルルー、俺も間違えそうだからチビたちみたいに刺繍してよ。時間がある時でいいからさ」

子供ら（小学生以下）の分が終わり、成人前後（この世界は十五才が成人）の子たちの袋を配っていた時に、ふとマークが言った。皆の前で。

……天然か……

隣に立っていた男子にそっと聞く。

「……ねえ、マークとルルーってどうなの？」

「なんであれで恋人じゃないんだと皆で首をかしげるような仲ですよ。まあ、原因はマークでしょうね」

「ルルーもわかってないと思いますよ。そろそろ邪魔者を演じてやろうかと議題に出てます」

「え！　それ、私も交ざりたい！」

「もちろんどうぞ。お嬢様に手伝ってもらえると動きやすいです！」

「決行はいつ？」

「未定です。このまま眺めているのも楽しいもんで」

「マークは自覚がないですけど、ルルーから相談されたら動こうと思ってました」

「なるほど悩ましいわね……今が面白いだけに」

何人かとコソコソと喋っていたのに、うんうんと全員が頷く。

〝マークとルルーの様子を生温く見守る会〟に入会しました。

会員多いな！

薬の備蓄がある程度できたので、本日抜き打ち避難訓練をします！
私の弱気発言に添って、何かがあった時の為に避難経路の確認をするようになった。そのための道具もなるべく用意。スケボーモドキとスケボーモドキ改のキックボードと荷車。

いやあ、土木班はともかく、ネリアさんには睨まれてほっぺをブニッと摘まれた。

避難先への先触れと道中の安全確保の為に、先発隊はスケボーに乗れて操作が得意な人を選抜。

王都からの付き合いの二頭の馬に引かせた、子供を抱えてギリギリ十人が乗れる荷車を、女、子供、老人が乗りきれる分と、荷物用も一台分。スケボー、キックボードをそこそこ扱える人はそれで移動することに。

当面は、全員揃っての避難を目標にする。

その為に私は殿。もしもの時に私を拾ってもらえるようにニックさんとクラウスに付いてもらう。

クラウスってば侍従長の鑑！　と思ったら、なんと元王宮騎士だって！

更になんとニックさんより強いらしい。……マジですか。二十才以上の歳の差があるよね？　現役引退した年もだいぶ違うよね？

……そういや、案外あっさりスケボーを乗りこなしてた……ここにもチートいたのでは？

まあとにかく、安心の二人。

本日の目標は、荷物を持って乗るものに乗りこむまで。

ちょいちょい練習をしてるけど時間はどれくらいかかるかな？

『緊急警報！　緊急警報！　西の山脈にモンスターの大群を発見、西の山脈にモンスターの大群を発見。領民は速やかに避難準備をしてください、速やかに避難準備をしてください』

『お嬢！　何スか、今の！』

「マーク！　とにかく皆を避難させる！　動いて！」

『了解！』

……信じたかな？

執務室のバルコニーに出て、そこから指示を出したり通信機でしたり。

『お嬢！　全員準備完了したぞ！　どこに向かうんだ？』

早っ！　ほぼ五分くらいでニックさんから連絡が入った。

さて急な避難訓練でビックリさせたから怒られますか、とバルコニーから乗り出した直後、地響きを感じた。

え、地震？　珍しい。こっちの世界で初めての地震だわー。

あ！　やばい！　皆は慣れてないんだった！

「皆、落ち着いて！　地震は少し揺れれば収まるから！　でも屋敷が崩れる事があるから、少し離れて！」

その間もゴゴゴゴゴゴ……と続いている。長いな。

「クラウス、ここら辺て火山がある？」

「いえ、ありません。ないはずです」

『お嬢！　馬が暴れて抑えきれません！』

「ヤンさん！　馬を放してやって！　惜しいけど怪我人を出すわけにはいかないわ！」

『了解！』

「クラウスも外に出て。私は上からどこがどうなってるのか確認する」

「わかりました。お気をつけて！」
同時に動く。スケボーで屋敷の屋根に上がる。見渡すと全体が揺れている。何なの!?　どこに避難させたら……？

ドガガガンッッッ!!!

破壊音のした方を向くと、でっかい亀が地面から出てくるところだった。
…………………亀？

オオオオオオオオンンンン……

………亀って、吼(ほ)えるの……？

オオオアアアオオンンンン……

……………あれ、都心にあったドームくらいあるんじゃない……？
『お嬢！　何が見えた!?　この吼えてるのは何だ!?』
ハッ!!　そうだった！　皆を避難させなきゃ!!

……でも。

「でっかい亀が西の丘から出てきたんだけど、あれ、何？」

『は？　カメ？　…………おわっ!!　何だ!?　あれ!!』

ニックさんにつられて皆が確認したようだけど、誰も知らないようだ。とにかく、パニックになる前に避難をさせなきゃ。

「とりあえず皆は東に向かって！　私はあの亀がそっちに向かわないようにしてみるから！　皆！練習したように落ち着いてね！　あ!?」

巨大亀の動きを注意しながら指示出ししてたけど、甲羅部分の土と共に落ちていく物が視界に入った瞬間、飛び出した。スケボーに乗り、風魔法で高度そのままに亀に向かう。

自分の限界まで魔力を練り込んだ。耳元で誰かの声がするけど、聞こえない。

亀だけを狙う。距離を測る。魔力を具現化する。それを掲げてスピードをあげる。

今の私には、怒りしかない。

出現してから、ずっと吼え続ける亀に向かって叫ぶ。


「うちのお墓を崩してんじゃねぇぇぇぇ――――っ!!!」


そうして、亀の頭を、その大きさに合わせたハリセンでぶちのめした。

ハリセンの形に頭を凹ませて気絶した亀を確認して、私も意識を失った。

三話　亀様です。

クラウスとニックとマークは全速力でスケボーを飛ばした。魔法は使えないが、もしもの時の為に一段階出力をあげられるようになっている。その速さで乗りこなせたのはこの三人だけ。

サレスティアが扇のような物で大亀を攻撃した後に咆哮（ほうこう）はやみ、大亀は大きな音を立ててその場に沈んだ。

先程から三人で呼んでいるのに、イヤーカフからサレスティアの返事はない。

早く！　早く！　速く！

大亀は動かない。

サレスティアは見えない。

どこだ!?　あの様子なら落ちているとしたらこの辺りだ！

そう、落ちたのだ。あの高さから。

あの小さい体が。

大亀はともかく、領民を逃がすだけの時間を稼いだはずだった。

誰もが動かなかったのでその時間は結局無駄になった。

クラウスは、誰よりも信頼した友の孫を探した。

ニックは、生きていれば息子と同じ歳の女の子を探した。

マークは、暗闇から夢を目指すことを許してくれた主を探した。


「いた！」

大亀の口の前に倒れていた。

真っ青な顔色だが、かすかに息をしている。三人ともにその事を確認すると体中の力が抜けた。

マークは鼻水をすすった。

出血はなし。骨折もしてはいないようだ。今のところは。

《それは、何だ》

突如聞こえた声に大人二人が武器を構え、マークはサレスティアを抱えた。

《そのような、ものは、我には、きかぬ》

そんな事は子供でもわかる。

わかっていて単独で飛び出すのはサレスティアだけだろう。

賢いかと思えば呆れるようなこともする、領内では実はアホな子の部類に入っている。

だからと言って見捨てるわけにはいかない。

皆は、マークがサレスティアを連れ帰り次第一緒に逃げ出す事になっている。そしてクラウスと
ニックには、奇跡が起こりますようにと祈る。

奇跡を祈ることしかできない。

そんな絶望の中、誰もが涙を堪え、無駄かもしれないが動き出すタイミングを計っていた。

《それは、なんだ》

「……ドロードラング男爵令嬢、サレスティア・ドロードラング様です」

大亀は、うっすらと開けた目で、サレスティアを見ている。

時間稼ぎのためにクラウスは大亀の問いに答えた。

《名ではない。それは、なにものだ》

そんなもの答えようがない。

「……ただの、魔力の多い子供だ。何者であろうと俺たちにはそれだけだ」

そうとしか答えられない。自分にも注意が向くようにと、今度はニックが答えた。

実際、サレスティアが現れたときは聖女かと思った。ただただ温かい物を用意してくれて、凍えきったものを、言葉で、体を寄せて、包んでくれる。

起き上がれるようになった時に、良かったと泣いたただの人だ。大人顔負けに喋り倒すが、どう頑張って見ても子供だ。折角の魔力を嬉々として畑を耕す事に費やす残念な魔法使いだ。外貨を稼ぐために芸を磨こうとする、残念な領主代行だ。

そこまで考えたら、笑ってしまった。

「ふふ。私たちにはとても大事な子供です」

「ははっ！　末恐ろしくも将来が楽しみなお嬢ちゃんだよ」

だから。返してもらう。
《ただの、人の子……》
大亀が沈黙する。
クラウスとニックが息を吐き、構え直す。
それと同時に、サレスティアを抱えたマークがスケボーに乗りかかる。
《それにしては、ずいぶんな、魔力だ》
大亀がどう動くのか。息を詰める三人。
《我は、寝起きが、悪い》

止めて!!
それがなくなったら、誰も帰れない!!
お墓があるから残った人たちばかりなの!!
だから、今を頑張れるの!!
壊さないで!!

目を開けたら見慣れた天井だった。

…………あれ？　何か、夢を見てたような……

「――お嬢様！――」

クラウスとルルーが覗きこんできた。あれ、二人とも顔色悪いな。風邪でもひいた？

「くら……るー……」

あれ、声が掠れてる。なんで？

「良かっ！　……目を、覚ました！　……うぅっ！」

「ルルー、しっかり。私は領内放送をしてくるよ。すぐ戻るから、お嬢様を頼んだよ」

ルルーが泣き出して驚いたけど体が動かない。なにこれ!?

《まだ、動くな。まだ、回復しきれていない》

なに？　誰？

《お前が、ぶった、ものだ》

…………亀!!

《そうだ》

……え。話せるの？

《そうだ。寝起きが、悪くて、すまなかった》

……ねおき…………うわぁ、やってしまった～～ぁ！　寝起きにぶってしまってすみませんでした!!

《……いや、お前は、守るべきものを、守っただけだ。今は、まだ、休むといい。お前の体は、小

さい》

……は～、私こんなに短気だったとは…………ありがとう、何もしないでくれて。

《？》

あなたが動いたらきっと領地には何も残らない。私はこの部屋で目覚めることはなかっただろうし、クラウスもルルーもいなかったでしょ？

《……礼を、言うのは、我だ。いつも、目覚めるまで、国を三つ四つ、潰して、回るから。今回は、憂鬱に、ならずに、済んだ》

…………マジですか……何てモノに飛び込んだ、私……お馬鹿……

「お嬢様、水を飲みましょう？」

涙を拭いて目を真っ赤にしたルルーが聞いてくる。声が出ないし体も動かないので目で訴える。飲みたい！

「では体を起こしますね。匙で少しずつ入れますよ」

一匙、一匙、私を見ながら飲ませてくれる。椀に注いだ分がなくなったのと同時に満腹。いや、満足か。

「あり……ル……」

お礼の声も出ない。なんなの？　どうした私？

食器を片しながらルルーが静かに言った。

「ふふ。無理をしないでくださいさい。一週間も意識がなかったんですから」

……は!?　一週間!?

「元気になりましたら、皆でお説教しますからね？」

にこやかに微笑むルルーに寒気が。

「吊し上げますよ」

……あ～……う～…………寝よう……うぅ。


私が元気を取り戻して吊し上げを喰らうまで、更に一週間かかった。

その間に部屋に見舞いに来てくれた人のお小言を聞き流しながら、気絶した後の事を知った。

大亀はあの場でじっとして、クラウスたちに謝罪したそうだ。

言葉が通じる事にも驚いたのに、人間側の事も理解している様子に戸惑った。大亀の攻撃する意思はないという言葉を信じてとりあえず皆と合流。真っ青になっている私に騒然となったが、そのまま逃げるよりはこのまま回復を待つことにしたそうだ。

大亀は大人しいし、頼る所なんてなかったから。

私の様子が丸一日変わらず、不安になったルルーがマークと一緒に大亀の元へ、何か回復の助けになるものはあるか聞きに行った。

大亀の見立てでは魔力の一時的な枯渇が原因だったそうで、魔法使いに魔力を分けてもらえば回復するだろうということだった。けれど私の他に魔法使いは領内にいなかった。近隣の田舎領地にも魔法使いがいるかは不明。四方八方の地域に散らばって一番近くにいる魔法使いを連れて来ようと焦っていると、大亀が自分の魔力を分けようと言った。

魔力とは種族が違っても基本はみな同じらしい。ただ、大亀のものは人間に比べると強力なので、私の体が耐えられるようにごく少しずつしか流せない。

時間がかかるぞ。というセリフを聞き終える前に二人は飛び出し、皆に判断を仰いだ。それは満場一致で採用される。

私の事は大亀に任せ、それぞれ日常の生活を心がける。魔力以外の一切を受け付けない私を心配しながら、皆は仕事の合間に私の様子を聞くために大亀の元に通った。

大亀から魔力の充填が済んだと聞いたのはダンだった。ダンは転がるように走りながらアークに突撃する。涙と鼻水でぐしゃぐしゃになりながらどうにか伝えると、吠えるように泣き出した。

そうして、私の側には今まで以上の人数で必ず誰かがついた。少しも見逃さないという気迫で。

「皆様には、大変にお世話になりました！　心からお詫びとお礼を申し上げます！　ありがとうございました！　これからは無茶な飛び出しはいたしません！　右を見て、左を見て、深呼吸をして、皆様の避難を最優先にします！　そして後から必ず意識を持って追いかけます！」

そうして現在、「お墓は大事だけども生きてる者を第一に！」と皆からのお説教中。私は土下座をしております。

チビッコたちにまで一人残らず怒られました……心配させてごめんなさい！

「お嬢様の回復をお祝いしたいところですが、それは明日、大亀様のそばですることにして、今夜はこれまでとします」

クラウスの締めで解散。おやすみなさいと子供たちが手を振って、大人たちは正座をする私の頭を撫でて行く。

生きてて良かった、私。

助けてくれてありがとう、皆。


翌日。皆で大亀の前に集まりお礼をする。

言葉の他には野菜と干し肉を持てるだけ持ち、大人たち秘蔵の蜂蜜酒を供える。

神様扱いだ。特に動くこともなく、もっぱらテレパシーで誰とでも会話をする不思議穏やか神様と認識されている。まあ、その姿もある意味神々しいのだが、扱いが雑である。特に子供たち。

「カメ様のしっぽ面白～い！」

前世であれば段ボールで土手を滑る遊びも、段ボールなんてないので木でソリを作りました。子供たちが運びやすく乗りやすいように紐つけて。見た目はほぼ板だけど、急拵え(きゅうごしら)えの割には楽しく遊べているようだ。

ガタガタ音はご愛敬。摩擦で火がつくと困るのでコーティングもしてある。

やっぱり子供たちの笑い声って和む～。

そんな遊び場にされてもカメ様はへでもない。しっぽ部分が一番長く滑れるようにと、実はちょっと動いてくれてたし。

……「神様」ってそんなことする!?

《永く生きてはいるが、神ではない》

なんと土属性の魔物だそうだ。亀なら水属性じゃないの？　と聞いたら『土属性な』と割りふられたとの返事。

……誰に……？

そしてなぜか人に興味津々。小さいくせに賑やかなのが興味をひくらしい。地下で眠りながら地上の世界を感じていたそうだ。で、何十年だか何百年だかに一度寝ぼけて地上に出ると国を潰してしまい、人がいなくなった場所でまた静かに眠りにつく。今までその繰り返しで、今回早くに覚醒できた事をとても喜んでいるらしい。

大きさや破壊力の規模と目覚めのスパンから、どう考えても神話級の存在である。

《人間を見てみたかった》

変な魔物。

だが、彼（と言っていいものか？）が友好的で喜んでいるのは私たちの方だ。主に私。

そして領民はまた戦慄する。

「カメ様さ～、しばらく起きてるなら私の教師になって欲しいんだけど、どう？」

《きょうし？》

「色々と教えてもらいたい事があるんだ。いい？」

《我で、わかることは、構わない》
神をも畏れぬ所業。
誰かが呟いたけど立ってるものは親でも使えって言うじゃない！　これで魔法専門教師をゲットです！
ただ、私の快気祝いという名の宴会の隅で、恩人に対する言葉遣いではありませんでしたね、とカシーナさんに正座で説教されました。……とほほ。

イズリール国のとある農村の広場に歓声があがる。

色とりどりの花が観客の上に舞っている。その花は手に取ると香りを残してフッと消える。その不思議さに大人も子供も喜んだ。

祭りでもないのに季節外れに訪れた旅芸人の一座が、観覧料はなしでいいから広場を使わせてくれと来た。自分らは駆け出し芸人なので芸の感想を聞かせて欲しいと。

十人程度の一座は、農閑期の暇をもて余していた客をあっという間に夢中にさせた。

ムクムクと大木に育った豆だったり、大きな蕾が咲いた中にフワフワとした服を着た幼女が座っていたり、三人の少女が揃いの衣装で歌えば客席を含めたあちらこちらに花が咲き、剣舞をする少年たちの剣先から花が飛んできたり、とにかく花尽くしの時間を楽しんだ。

「無料で見せたわりにおひねりが多かったわね。ウケたと思っていいかしら？」

芸人一座として泊まった宿で集計金額に驚いた。これだったら観覧料をとっても良かったんじゃない？

「そうですね。収穫期の後なので客の懐具合も良かったのでしょうが、次の町では予定していた料金でやってみましょうか」

クラウスの言葉に「そうだな」と「え!?」と二種類の声があがる。

「そうだな」は裏方のニックさん、ラージスさん。

「え!?」は舞台に上がった少年少女。

「一旦、領地に帰るって言ってたじゃないですか！」

普段着に着替え、ホッとしていたルルーが立ち上がる。膝上十センチのワンピースは恥ずかしかったらしく、一番に着替え終えていた。けどゴメンね〜。

「皆なかなか舞台度胸があるじゃない！　とても初めてとは見えなかったわよ。その調子であと二ケ所くらい回りましょ」

「「「ええええええ!!　」」」

「だって、まだこれしかできないから同じものを毎日は見せられないでしょ？」

「とりあえず一回って言ったじゃないですか！」

マークも立った。

「一回やって良かったから次もやろうってんじゃないの。ライラたちの歌、とても良かったもの！　お客さんうっとりしてたわよ～。もちろんマークとタイトの剣舞も！」

「じゃあせめてルルーたちの衣装の丈を伸ばしてくださいよ。脚が出過ぎでしょう！」

「不可！」

「早っ！」

「あんたたちも女子の綺麗な脚にウハウハだって知ってんのよ！」

「その言い方！　おっさんか！　他の男に見せたくないって言ってんの!!」

「そんなことを言うくらいならルイスさんみたいに俺の嫁だから駄目くらい言ってみろ！　カシーナさんでも計画立ててたのに！　頓挫だよ！」

「ハイ。俺はお嬢の言う通りウハウハなので女子の衣装はそのままで」

剣舞担当タイトが手を上げると、マークが摑みかかった。

「タイト！　てめえ！　裏切り者！」

「俺は欲望に忠実なんだ。ライラもインディもルルーも可愛く似合っている！　あれ以上に脚を出すのは嫌だけどな」

しれっと言うタイトにマークの体がわなわなしてる。

「お、俺だって可愛いと思ってるよ！　だけど駄目だ！」

「何でさ？」

「だってルルーは！　………………うぅ、うが～～っ！」

バタン！　と部屋から飛び出すマークを見送り、ルルー以外の全員が蹲った。その足音が遠ざかったのを確認して大・爆・笑。

やり取りに茫然としていたルルーがハッとしてマークを追って出ていく。その足音が遠ざかったのを確認して大・爆・笑。

「もうちょっとだったのに～！」

「あ、あそこまで言ってるのに！」

「マークの照れポイントがわからない！」

「あ、あんまり、いじってやるなよ？　やり過ぎると意固地になるぞ。まわりは面白いけどな～」

「ひ～、け、経験談ですか？」

「そ。タイトもそのうちどうしようもなくなる時が来るぞ。ラージスはなかったか？」

「俺もありますよ。まあ、その時に自棄になったお陰でナタリーを嫁にできましたけどね。クラウスさんは？」

「私の場合は妻は婚約者として紹介されましたから、マークの様子は新鮮です。お嬢様、衣装の丈は直しますか？」

「あのカシーナさんから了解を取ったのよ、変えないわ。それともやっぱり嫌？」

いくら淑女教育の鬼軍曹から許可を取ったとはいえ、着ている娘たちが嫌なら変更はするよ、とライラたちの方を見ると二人とも笑った。

「私ら全員気に入っていますよ！　ちょっとだけ恥ずかしいですけど。ね？　インディ」

「うん！　衣装可愛いです！　お嬢様の衣装もフワフワが可愛いです！　蕾が開くと妖精がいるっ

て客席がざわつきましたよね！」

うし！　多数決～！

「だよね～！　あれは気持ち良かった！　服飾班に一番に報告よ。じゃあ明日は隣町で頑張りましょう！」

おーっ！

《マークとルルーを放って置いていいのか？》

皆の視線が私の抱く白い亀のぬいぐるみに集中する。

「大丈夫。文句を言ったって最後にはしっかり付き合ってくれるし、ルルーが一番に追っかけていけばすぐに機嫌が直るんだもん」

《そうか。人とは奥深いな》

「思春期の少年少女が一番不可思議で面白いですぜ、亀様」

ニックさんの言葉にまた皆で笑った。

大亀を教師に迎えて、土魔法の学び直しから始めた。
お祖父様の本となんちゃって知識で今までどうにかなってたけど、魔力を循環させる感覚をつかんでからはより楽になった。私が魔法使用後に眠りやすかったのは、体の小ささだけでなく魔力の

出し過ぎもあったらしい。

それを検証するため畑を耕し、成長促進で野菜を作る。なるほど、眠気が少ない。そして、回復系だと思ってやっていた植物の成長促進魔法は、土魔法をベースにやった方が楽だった！

属性ってこういう事か～。

ということで、特訓したのが花芸。

見るのも楽しいけどやるのも楽しい！　子供たちが喜ぶからと調子にのって咲き散らかして、花の絨毯だ！　って転がってるところをお母さんたちに見つかり「誰が洗濯すると思ってんだい？」と首根っこ摑まれた。その後、花はポプリになった。

植物の巨大化は黒魔法で応用できた。豆の木～！

大亀には食事という概念がないらしい。これは本気で助かった！　どんだけ食料を用意すれば!?とパニックになったもん……。

あの宴会で食べないことを教えてもらわなければ、そのまま恩を返さずに封印の方法を探すところだった。唯一食事らしいものはお酒の匂い。蜂蜜酒の香りをなぜか気に入ってくれた。

さらに大亀は姿を現してからその場から動いていない。目と尻尾が微かに動くくらい。まったく私らに何の害もない。

が、一人（?）であそこにいることに、私がソワソワしだした。

「亀様、体を小さくはできない？　私が抱っこできるくらいに」

《小さくはなれるが、質量は、変わらん。眠りにつくとき、そうして、地中に、潜る》

……なるほど～、そんなの抱っこ無理だわ～。
「あ、依代に意識の一部を移すことは？」
《依代……できる》
ということで、服飾班に大亀のぬいぐるみ（中身は魔法で空気を注入。綿もまだ貴重）を作ってもらった。ま～、だいぶ簡単な見た目になったけど、よく見れば刺繍がしっかりされてたりしてなかなかの物である。うちのお針子たちは優秀だよ！

そして子供たちに大人気。必ず誰かに抱っこされてる。大亀は目線の低さが新鮮だそうだ。ぬいぐるみと本体と別々に会話できるので、それもまた子供たちにウケた。

カメ様という愛称は本人（？）が嫌がらないので定着。名前を聞くと、真名は教えないように言われているとのこと。

……だから誰に？　イヤやっぱ聞カナイ！

畑が落ち着けば、今度は鉄鉱石系がうちで採れるか亀様に教えてもらいながら探査。

隣国とを隔てる山にはそこそこありそうだったが、ここで採り尽くすより後々の資源にまわすことに会議で決定。とりあえず農具と狩猟道具と調理器具が間に合えば良しと皆が言う。ということで、畑作に邪魔な分の砂鉄は採り尽くした。

そして、火魔法の練習を兼ねての道具製作。熱中し過ぎて火力が強すぎると怒られたりした。すみません親方！

材料が余ったのでマークに剣をと思ったけど断られた。ニックさんに認められないうちは真剣を持たないって。

意地を張っているわけでもなく、そういうプライドが男には必要になるんだとニックさんが言うので、残りは芸に使える模造刀にした。

斬れないけど重さは本物と同じなので、真剣に持ち代えても違和感が少ないと思う。……まあ、真剣を使う機会が少ないようにと願っているけどね。


一座をやろうと決めたきっかけはライラの歌声。

ゴスペルが似合いそうな力強い伸びやかな歌声が洗濯場から聞こえてきた。ライラにつられてなのか、基本が歌ウマなのか、女子はほぼ全員聞いていて気持ちいい歌い手だ。私は漏れたけど……ふん。

歌はライラを中心に結成。男子は恥ずかしいと喚くので外す。正直女子だけ三人の方が華やか。

膝上十センチのスカートを説明すると服飾班が燃えた。シンプルだけど可愛らしく仕立てられ、黄色い悲鳴があがった。衣装を見て女子たちは意欲を燃やす。

男子は女子の護衛だったけど、演目が少ないので剣舞を追加。普段練習してることでいいからと模造刀を押し付け、度胸のあるマークとタイトを指名。黒をベースにした衣装で打ち合う姿は五倍増しで格好いいと評判。

……普通、二割増しとか三割増しって言うんじゃないの？　この二人普段どんだけおちゃらけてんのかしら？

私はリハーサルで、桃太郎みたいにパッカーンオギャアのつもりで笑いを取ろうと蕾に隠れていたら採用されてしまった。

要望を出す前に私の衣装が出来上がり、写真スタジオか！　ってフワフワ服に、仁王立ちじゃなくてニッコリ微笑んで小首を傾げる！　と演技指導。余りの厳しさに亀様に泣きついたけど、まあ、お母さんたちの迫力には近寄れず、そっと健闘を祈ると言われた。悔しいので亀様を抱っこで登場するのを押し通した。

私裏方だったのに！

そして誰もが感動したのがクラウス！　流れるような舞台進行に、プロですか？　と唸る面々。お祖父様が領地に戻るまでにお土産を買いすぎてお金を使い果たした時に道中こうして稼いだものですとシミジミ言われた。……お祖父様ありがとう！

そんなこんなで芸人一座として始動。

メンバーを代えながら、子供たちの遠足を兼ねて隣国イズリールをまわる事にした。隣国の情勢を肌で感じたいという私個人の思惑もある。どんな人たちがどんな生活をしているのか見たかった。自国内は親や役人にバレそうだから営業しない。

そしてうちで商売になりそうな物を探したい！

これが最重要項目ね！

最初の興行が良かったので花芸を軸に演目を考える。花が関わるおとぎ話ってあと何があったっけな？

それにしても、花ってすごいな～。老若男女が喜んでくれる。亀様のおかげで皆が喜んでるよ！

《…………………そうか》

なんでそんなに間が？　……もしや照れてる？　……ぬいぐるみも本体も表情がわかりにくいな。それが亀様だけど。

そういえば、料理班の新人たちがパンで亀様を作るって頑張ってたな～。キャラもののパンもいいな～。あ、どうせ亀様も連れ歩くから、亀様クッキーとかも良いんでない？　マスコットとして活躍してもらおう。要議題っと。


杏子を使った天然酵母ができたので、領地のパンは飛躍的にやわらかくなった。パンの前に蜂蜜酒ができてたけど、それはまあいいさ。パンがやわらかいとサンドイッチが食べたくなる。

主に丸パンな世界だけど、型を作り食パンを焼いてもらいましたとも！　具はサンドイッチとしてはイマイチだけど、これからこれから。丸パンの方はまだまだ在庫があるイノシシ肉でハンバーガー。トマトソースが大好評でした。

食料の保管庫は冷蔵冷凍取り揃え、更に保存袋と同じ仕様で一棟、それぞれ蔵を建てた。水魔法の練習で氷を作ったりしたけど、気温の変化も水魔法でできた。空気中の水分を操作して一定の温度を保たせるのはなかなか集中力が必要で、ちょっと疲れた。畑に水を撒くという想像しやすい事なら私には楽らしい。

カシーナさんを怒らせて寒い思いをするのは温度変化に活かされないようだ。ううむ。

たくさんの保存が可能になり、保存食に加工するための塩や砂糖が足りなくてもどうにかなっている。でも料理の幅を広くするために調味料はある程度の種類が欲しい。

ハーブは薬草畑で作れるけど、まだ種を手に入れてないものもある。

そろそろ牛や鶏を飼いたいな〜。ミルクと卵を常備したい。乳製品が食べたい。ハンバーガーにはチーズも入れたい。

豚は野生のアイツ（熊サイズの豚）の繁殖力が高くて助かってる。塩は塩湖も海もないから無理だけど、砂糖は自作できるかな〜？　甜菜は育つだろうけど、サトウキビは魔法がなくても育つかな〜？　とりあえずは植えて収穫してみてだな。塩は海側のを希望。なんとなく懐かしい味がしそう。


三ヶ所目の町でうちの歌姫たちがスケベ町長に目を付けられたけど、クラウスのお陰で難を逃れた。いやあ、手刀の風圧でカツラが飛ぶなんて誰も予想できなかったよ。パサリと音が聞こえた後のクラウスの町長に向けた笑顔が超コワカッタ……クラウスを座長に固定で異議なし！

それ以外は興行大成功！　観覧料をとって一日に二回公演できた！　同じ演目で構わないからまた来ておくれ、なんてお客さんに言われて嬉しかった。楽しんでもらえて良かった。お客さんの前でするのはまだ慣れないから、皆、夜はすぐに寝た。朝に酒瓶が転がってなかったから、大人たちも寝てしまったんだろうね。

花芸の発案者のケリーおばさんはとても喜んでくれた。子供の時よりも感動したって褒めてくれる。私らが興行してる間も演目を考えてくれていた。洗濯してると思いつくんだよと笑う。お疲れさまって抱きしめてくれる。

ふふ。ただいま！

四話　出稼ぎです。

「いやあ凄かったよ！　噂以上だった！　休憩時間に見に行けて本当に良かった！　女房なんて帰りにもらった香り袋に喜んでいたよ。一品奢ることしかできないが、ゆっくりしていってくれ」

「そんな奢るだなんてとんでもないです。ご主人、私たちは己の芸を披露しただけです。皆様からは観覧料もきちんといただいておりますので、それ以上の事はどうぞなしでお願いします。こうして喜んでいただいた感想を聞かせてもらえれば充分でございます」

宿屋の主人がクラウスに照れている。

「俺のようなただの宿屋に随分と丁寧にしてくれるもんだ」

「我等は新参者ですので、丁寧にすることは心掛けてます。時々抜けてしまったりもしますがね」

「ははっ！　慣れない事はボロが出るわな！　とにかく俺はあんたたちの興行はまた見に行くよ！後で女房も挨拶に来るかもしれないが、勘弁してくれな」

「ありがとうございます」

にこやかだった主人が、スッと真顔になる。

「恥ずかしい話だがうちの領主は手癖が悪い。おたくらは綺麗どころばかりだから、明日の朝すぐに発つといい。夕飯前だが朝飯用にこれを渡しておく。あ〜あ、うちは朝飯も売りなんだがな」

ニヤリとした主人が布袋をクラウスに渡す。

「ありがとうございます。次もこちらの宿屋でお世話になります」

「よろしくな。次も楽しみにしているよ！」

宿屋の主人が去っていく足音を確認して、ルイスさんが笑う。

「さて、荷物をまとめてさっさと出ますか」

「そうですね、気を遣っていただいた様なので奥さんがいらっしゃる前にお暇しましょう」

「ご主人、奥さんに怒られないかしら？」

「蹴っ飛ばされるくらいはあるんじゃないですかね」

「……あの、私らには何が何だかわからないんですけど。なんで宿を出ちゃうんですか？　今、追い出されてたんですか？」

うちの歌姫ライラが不思議そうな顔で荷物をまとめながら聞いてくる。

「そ。助平領主が朝イチで迎えに来るからその前に出た方が良いよ、ってとこかな？」

「ルイスの言う通りでしょう。奥さんが来るときは夕飯に仕込んだ薬が効いているかの確認でしょうな。この朝食に何も仕込まれてなければ、ご主人は純粋に私たちを逃がしてくれようとしてます」

「え！　……これに何かを仕込んだなら、どうなるんですか？」

ライラが恐る恐る、朝食にと渡された袋を指さす。

「逃げた先の街道で眠っているか痺れているかしている俺らを領主が捕まえて囲うってこと。そうなると主人もクロだが、上手くいけば逃げられる。味方はできないが逃がしたい苦肉の策なんだろね」
《普通の食料だ。薬も術も掛かっていない》
「ということでご主人はシロね。せっかくの好意だから騒がしく行きましょ。トエルさん、リズさん、よろしくね～」

バターンッ!!「っざっけんじゃないわよ!!」「ま、待て待て待て待て待て待て待て待って！　落ち着け！　落ち着いて！　話せばわかる！」「その話とやらを聞いてこうなってんでしょうが！」「ごごご誤解だって！」「やかましいわ！」

突然聞こえてきた男女の言い合いに、他の部屋の客が顔を出す。

「今日という今日は許さーん！」「いやいやいやいやいや、だから誤解！」「うるさい！　そこへ直れい！　もいでやる!!」「何を!?　嫌だ～～ぁぁっ!!」

痴話喧嘩をした一組の男女が宿屋から飛び出す。

それに続いて、荷物を抱えた旅芸人一座が慌てて二階から降りてくる。

「おいおい、なんの騒ぎだ!?」

宿の主人の前を一座が通りすぎていく。

子供たちは、待って～と言いながら先の二人を追いかけているようだ。最後尾の座長が大荷物を持って、申し訳なさそうに主人に近づく。

「すみません、ご覧の通りの痴話喧嘩が始まってしまいまして、このままお暇させてもらいます。あの二人は体力の限りに走り続けますので、追いかけないとはぐれてしまいますから」

「あ、じゃあ宿泊代を返すか」

「いえ、お騒がせしましたので迷惑料としてそのままどうぞ。ではまた次回の公演もよろし～くお願いいたします。お世話になりました」

「ああ、気を付けてな。また来てくれ！」

ニヤリとした主人ににこりと返す座長。一礼すると騒がしい一団を追いかける。

それを店の表で見送る主人。

「……また見たいが、来てくれるかねぇ……」

寂しげに呟いて、仕事に戻った。


街外れで息を切らせている二人に追いつくと、笑いが込み上げた。

「ふ、二人とも、名演技お疲れさま！　トエルさんのダメ男っぷりが、すっごく良かったわ！　リズさんの鬼気迫る演技も見物だった！　これなら劇もいけるんじゃない？」

「ダメ男限定ですか。嬉しくないッス～。あー疲れた！」

「私も、できれば可愛らしい役がいいです～。は～もう今日は走りませんよ～」

「二人とも声の通りがいいから、誰が聞いても痴話喧嘩でしたね」

「クラウスさん、そんな誉め方複雑ッス……」

「まああ、とにかく逃げ出せたから、さっさと次に行きましょうよ。お土産も買えませんでしたからね」

ルイスさんの言葉にハッとする。そうだった！　今回連れてきた子供たちも初旅（はったび）なので買い物をとても楽しみにしていたのだ。

次の町は平和に興行できますように！

翌日、宿泊した街で二回公演をし、夕方前に皆でお土産選びをしていたら、なんと！

誘拐されました。テヘ。

ちょうど私が最後尾になってしまった時に衝撃を感じて、気がついたら馬上で抱きかかえられていたという状況。

不幸中の幸いというか、私だけみたいでホッとした。

イヤまあ、ホッとする状況でもないんだけど。他の子が拐（さら）われるよりはいい。

まだ空が明るいからそんなに時間は経っていないはず。イヤーカフからは誰の声もしないので私からの連絡待ちだろう。さっと目をつぶって寝たふり。

《気づいたか》

ぅお！　亀様！　どこに？

《お前と共にくくられている》
じゃあひとまず安心。皆は無事？
《お前以外は何事もない。無事だ》
良かったー。んじゃ私はどうしよっかな。今動いても変わらなそうだから、とりあえず誘拐犯が一息つくまで大人しくしてますかね。
亀様、クラウスとルイスさんに伝えてもらっていい？　通信機だと喋らなきゃいけないし、まだ危なくなりそうなことは控えたい。
《もう伝えてある。クラウスが追って来ている》
ありがとう。
あ、亀様私の下敷きになってんじゃん！　うわっ、ごめんなさい！
《？　重くも痛くもない。お前が怪我をしなければ良い》
おおおおお男前～！　亀様イケメン！
《？　よくわからんがじっとしておれ。なかなか良い馬だから、落ちたら大怪我をするぞ》
はい！
しっかり抱えられているけど、かなり風の流れが速い。亀様のおかげで感じる振動が少ないだけで、ものすごい速度で走っている。
馬の駆ける音は一頭分しか聞こえない。単独犯か、アジトで合流か。
ん～、どこに連れて行かれるやら。

することもないし、亀様がいる安心からかたぬき寝入りのはずが本気で寝ちゃいました。

……図太くなったなー。

ふわりとした感覚で目が覚めた。

麻布の上に亀様と私をそっと寝かすと、誘拐犯は火を熾(お)こす。お湯を沸かす準備をして、馬を撫でて労(ねぎら)う。

寝起き頭でぼんやりしていると、フードを取った誘拐犯がこちらを見た。

「もうすぐお湯が沸くから待ってね」

女性だ。

お茶のいい香りがする。

鍋で煮たお茶を木の椀にわけて私に寄越す。

「熱いから、ふーふーするのよ」

小さい子に言うみたいって、私まだ小さい子のくくりだったわ。その事に笑ってしまったまま、椀を受け取って少し冷まして飲む。……薄。ふむ、子供にはちょうどいいかな？　喉も渇いているし状況的にちょうどいい。

「ごちそうさまでした」

お茶を飲み干して椀を返す。そして誘拐犯もその椀でお茶を飲んで一息つく。

「私をどうするの？」

私の質問に苦しげな顔になり、目を逸らした。

「取り引きに付き合ってもらうわ。拐っておいて信じられないでしょうけど、あなたのことは無事に帰すから。大人しくしててね？」

取り引きって何を要求するつもりだろう？

私ら一座は自領から馬で一週間かかるところまで興行をしてきた。噂はちょっと広まったらしく、初めて行く町なのに歓迎されたことがある。次の興行地を指定しないので、それもまた特別感があるらしい。しめしめ。

目玉はもちろん成長促進魔法だ。楽しそうという理由で始めたけど、案外とこの魔法は舞台や大道芸では使われていない。

まあ、魔法で芸を磨くのは私くらいなのだろう。魔法使いというだけで貴族お抱えになれるし、やっぱり王都に集まるらしい。給料が良いのは大事よね～、モチベーションが違うもの。

冒険好きやお宝狙いの単独魔法使いももちろんいる。

あ～、うちも早く給料制にしたい。せめて新婚さんが屋敷から独立できるくらいには！　新婚生活は二人でさせてあげたいわ～。

おっと脱線しちゃった。

お金目的なら歌姫ライラも狙い目だけど、私と交換するより直接拐った方が早い。どこぞに売りつけて足がつく前に逃げられるからね。

なによりこの女(ひと)は痩せている。

日焼けをしてるようだし、パッと見精悍だけど、やっぱり頬が痩けている。あれだけの速度で馬を走らせるのに一番小さい私に狙いを付けたのだろう。

ただ、私の相手をする時の目が優しい。

母親経験有り……か？

理由を聞きたい。

《クラウスが来たぞ》

亀様が言うと同時に誘拐犯が私の後方を睨みながら立ち上がる。私には米粒にしか見えないのに、この女よくわかるな〜。

何かを感じたのか、馬も寄ってきた。……綺麗な馬……。

そう思ったのが伝わったのか、鼻を寄せてきた。

ふふ、愛されている子だ。鼻筋を撫でさせてくれた。いい子。

クラウスが速度を落として馬から降りる。

私を確認して少しホッとしたよう。アッサリ拐われてごめんなさい、と手を合わせたジェスチャーをする。それに薄く笑って、紙のような物を取り出し、誘拐犯に突きだした。

「要求は何だ」

どうやら誘拐犯はクラウスに場所を指定したメモを渡していたようだ。

っていうか……ふぉぉぉぉぉ！　クラウスの口調が！

私後でどんだけ怒られるの!?　ひ〜〜っ!?

気持ち、私とクラウスの間に立つ誘拐犯の背に隠れる。

「貴方の『緑の手』が欲しい」

『緑の手』？　……って何？

《その土地を豊かにできる者のこと又はその能力のことだ。その者が居るだけで農作物が豊作に、花は長く咲き、森もよく茂る。獣も幾らか穏やかになる》

そんな人材うちにも欲しいよ！

残念ながらクラウスはちょっと、イヤかなり、イヤ恐ろしく強いと思われるただの人だ。魔法は使えない。

植物巨大化の演目はクラウスがやっている様にタイミングを合わせているので、誰もがクラウスの魔法と思っているだろう。他の子たちの演目でもクラウスは必ずお客から見えるところの舞台上にいるし、私がやっていると気づかないと思う。

私が拐われない為の予防策だったのだけどなぁ。


私がつらつらと考えてるうちにも二人のやり取りは続いていた。

誘拐犯の女は戦争の噂の出た国、タタルゥ国の民だそうだ。ルイスさんたちの説明で知った、国の半分が砂漠の騎馬の民の国。

遊牧を主体とした二国、タタルゥ国とルルドゥ国はその間に湖を持っていた。ごく少数の定住者が畑作をしていたが、ルルドゥだけが何年か前に大規模な農地改革をした。

それまでは二国と言っても国境はあってなきが如しで、放牧で国境を越えることはざらに有り、少々ならばお互い様と暗黙の了解だった。

ルルドゥの農地改革後、国境は厳格に区切られ、どこからの融資で始めたのか国土の殆どを農地とした。大規模な灌漑（かんがい）工事をし、それはそれは羨ましくなるほど栄えた。

タタルゥ国はそれを眺めながらも従来通りの生活を続けた。ルルドゥ国で定住に馴染めない者は、タタルゥ国に流れて来たらしい。

そうして過ごすうちに変化が起きた。

湖の水が減った。

湖で漁をする者が大量に浮く魚を報告してきた。最初は毒でも流されたかと騒ぎになったが、同じ魚が泳いでいる。ちょうど暖かくなる時期だったので、そのせいだと誰もが思った。

しかし水際の位置が下がった気がすると漁師が湖をぐるりと見回ると、ルルドゥ国側の湖が干上がっていた。

ルルドゥ側の湖は大きな池程度になっていた。

湖に流れ込む川からも農地への水を引いていたので結果的に湖の水量は減る。たくさんの畑に撒く為に大量の水を使わなければならないから。

　慌てたタタルゥ国首長はルルドゥ国に行ったが、ルルドゥ国の首長は現状をわかっていてもどうすることもできないと自虐的になっていた。急に豊かな生活を手に入れてしまったから、ルルドゥ国の誰もが前の素朴な生活に戻りたがらなかった。

　しかしこのままではタタルゥ国でも水が足りなくなる。

　タタルゥ国にも湖に流れる川はあるがルルドゥ国の川より小さい。野菜を少し作るのにもやはり水はそれなりに必要なのだ。

　ルルドゥ国では国民の反対で農地の縮小もできず、その農地を潤すために湖から遠い地区からどんどん土地が干上がっていく。だが湖の水が減るのを止めることができないまま、とうとう池になってしまった。

　その為ルルドゥ国では川の水を巡って争いが起き、部落のいくつかがなくなってしまった。タタルゥ国に逃げて来た人もいたが、質素な生活に耐えられず、それならばと若者たちは外国に行ってしまった。

　みるみるうちに人が減り、ルルドゥが国として立ち行かなくなりかけた時、融資をした者が貸した金を返せと言ってきた。

　ルルドゥ国の首長はこの時にやっと、自分たちが嵌められた事に気付いた。

　兵力として組み込む為に、土地という国力を削がれたのだ。

　騎馬の民の戦闘力は高い。剣、槍、弓と、主に狩猟生活のため、大抵の武器を使いこなせる上に機動力がある。馬の持久力は大陸一と言われている。痩せた土地でも国民が少なくても、独立していられたのはこの能力があったからだ。戦いの歴史だが、だからこそ民は誇り高い。

だが、それが崩された。

タタルゥ国ではルルドゥ国を受け入れた。元を辿れば同郷だ。遥か昔に国を分かつともお互い様だったのだ。


そして二国が合わさった結果、誇りをかけて戦うか、誇りに添って自決するかの選択の最中だそうだ。

タタルゥ国の女は言う。貧しいことは恥ずかしくはない。ずっとそうしてきたし、その生活に満足なのだ。

騙された事に気づかなかった事が悔しく、誇りは驕りとなって心を刺す。

女は土地さえ元に戻ればやり直せると信じている。

ただの希望で、妄想だ。

それでもそれにすがるしか、方法がない。

「私は、娘や息子に、子殺しをさせたくはない!!」

これが動機。

「……それでも、その子を拐って良い理由にはならない」

女の叫びに、冷静に返すクラウス。

「私にはもう……いや、元から何もない。罪を犯すしかない。それで国の子供たちの助けになるの

なら、どんな罰でもこの命の限り受けよう。死しても魂が謗（そし）りを受けよう」

私からは後ろ姿しか見えない。この女（ひと）の後ろの世界は、この人に守られている。

「虫のいいことを言っているのはわかっている。神には祈った。体は売れもしなかった。無駄死にも構わないが子や孫が不憫だ。時間がない。せめて、孫たちを助けてもらえないか……」

クラウスと私の目が合う。

「どうしますかお嬢様？」

「そうね。とりあえず現地を見たいわ」

女が目を丸くして振り返る。

「あなた、どんな神様に祈ったの？　随分と引きが強いわね！」

私は亀様を抱っこしながら立ち上がり、笑った。

というわけで、亀様の能力（ちから）を使って瞬間移動？　をし、私がはぐれた街で一座を回収。誘拐犯の女の国・タタルゥで現在炊き出しをしております！
いやホント亀様様だわ〜。有難いほどめちゃくちゃだわ〜。このまま依存し過ぎたらどうしましょ。
野宿もするつもりだったから道具は揃っているのよ。っていうか、避難先で困らないように子供たちのリュックにも色々と入れてる。食料は一週間分。大人（成人以上）は基本一ヶ月分。

ここまで保存と量を無視する魔法ってすごいわ～。

持ってる材料でごった煮スープを作る。

ええもちろん野菜を切りながら怒られましたよ、「なんで大人しくしてるんですか！」と
……ちょっとさ～、皆私に対しておかしくない？　普通は誘拐されたら大人しくしてるでしょ？

「お嬢が普通なのは寝ている時だけッス！」

トエルさんに言われた！　味方（お調子者同盟）だと思ってたのに！　トエルさんに言われた！　なんか悔しいから繰り返す。自爆した気もするけど繰り返す。

《寝てた》

亀様――っ!?　それ今黙ってて欲しいやつ!!

「「「　やっぱりね　」」」

子供たちが頷く。

あぁ、私の威厳が～…………うん、元々なかった！

腹が減っては頭も働かないのでまずは食べよう！

残ったら保存すれば良し。

ひととおり食べて子供たち同士は遊び始め、母親たちはそれに付き、残った大人プラス私で青空会議。

「さて、食べながら現状を確認させてもらったけど、こちらの案としては土地の回復を待つ間、ドロードラング領に皆で来て欲しい。タタルゥ国及びルルドゥ国の全員ね。今収穫できる農作物、家畜、あとは移動式の家も全部持って。戸建ては無理だからそれはごめん」

呆気にとられる中、誘拐女改め、ダジルイさんが恐る恐る手を挙げる。

「あの、それは、可能なのですか?」

「うちは今切実に人手が欲しいの。食べ物は間に合うようになったけど、もの作りとか、産業と呼べるまでにするには人数が少ない。戦争が起きるのを待って難民を当てになんてしてられないし、何より戦争なんてないにこしたことはないわ、馬鹿馬鹿しい。あなた方は住む場所は狭くなるし我慢してもらうことも多いけど、今ここに集まったのが全員なら、まあ、なんとかなるかな? クラウス」

「大丈夫でしょう」

クラウスが言ったのなら確実。私のどんぶり勘定はギリギリだけど、まあなんとかしましょう。

ルイスさん他が引きつっているけど、よろしくね〜。

「ルルドゥ首長が契約書を捨てなかったのは良かったわ! コレ、預からせてもらうわね」

ルルドゥ首長から先ほど受け取った、まあまあ雑な契約書。こんなのでよくもここまでやってくれたもんだわ。

俄然やる気の出た私を見ておののく騎馬の民。

もはや慣れたクラウスは私から契約書を受け取り、丁寧に畳んで懐にしまう。その隣でルイスさんが「こんな人使いの荒い上司いませんでしたよ……」とぼやいた。

適・材・適・所！　集団でコレ大事よ～。バリバリやるわよ～。

嫌なら後身を育てなさい。ふはは！

《早くて五年だな》

両国の土地診断をしていた亀様が呟いた。

早っ！　砂漠化した土地を元の状態に戻すのにそれだけ!?

やっぱり亀様、神様じゃん。

《元に戻すだけなら直ぐだが、それは後(のち)の枯渇も早い。力を注いで地力をみながらの回復が良かろう。それでも五年はかかる》

亀様の言葉を聞いて騎馬の民がひれ伏した。

「ありがとうございます……!!」

ルルドゥの首長が誰よりも長く伏していた。


「お嬢～！　ただいま～！」

走り回っていた子供たちが皆で帰って来た。

「馬にさわったよー！」「花がなかったから草でかんむり作ったよー！」「かけっこ負けたー！」

「羊も見たー！」「さわったー！」「臭かったー！」「もこもこだったー！」

砂だらけになって笑い合う子供たち。一人一人お帰りと抱きしめる。

騎馬の民の子たちは戸惑っていたけど、嫌そうではなかった。あぁ可愛い！

「それじゃあ、一旦ドロードラングに帰りますよ〜！」

「「「はーーーい！」」」

そうして、タタルゥ国及びルルドゥ国には誰もいなくなった。

一週間後。

とあるお部屋の一人掛けソファにクラウスが座り、その後ろに私とハンクさん、ニックさんの強面（こわもて）が立つ。

向かい側にも同じようにヤクザな親分が座り、手下が何人も立つ。

どいつもこいつも私まで睨んでくるがまったく怖くない。カシーナさんとネリアさんのお陰かな〜？　絶対言わないけど。

こちらの代表者はクラウスです。

「まさかこんな契約書を作る人間がこの世に存在するとは思ってもみませんでした！　コレでは契約書というのもおこがましい、只の落書きだと笑ってしまいましたよ！　あ！　お宅様がお作りになられたのでしたね！　これは失礼しました。しかし、これでは我が国では通用しませんとお伝えしませんと、後々（のちのち）大陸規模で恥をかくことになると思いましてやって参りました。お時間いただきありがとうございます」

クラウスがにこやかに頭を下げる。

相手は、クラウスを一筋縄ではいかない腹の立つ男だと理解したようだ。顔が引きつっている。

「契約書の書き方を教えに来ただけかね？」

チンピラの親分は、なんとか似合わない優しい言葉遣いを心掛けている。

ルルドゥを陥れたチンピラ共は背景にハスブナル国が付いていた。まあ、それは非公表なのでこちらとしてもやり易い。……尻尾切りし易い顔ぶれだな～。

「えぇそうでございます！　私芸人一座を率いておりまして、タタルゥとルルドゥでも興行しましたところ大好評でございました。ただ思うように観覧料をいただけませんでした。まあ駆け出し一座ですので安い値段設定にしてはいたのですが、それでも払えないと首長様方が仰るので、余計なお節介となりますが理由をお聞きしたのです。そうしたらば、この契約書が出てきました」

そうして、先程テーブルに置かれた契約書を指す。

「どこら辺が良くないのかね？」

引きつりながら親分が続きを促す。クラウスの態度が気に入らないらしい。

「まずはこの金額です。灌漑工事費とありますが、いくら掛かったのか細かい金額の明細がございませんので、親分さんの言い値というだけでは無効です」

「は!?」

「おや、ご存知ありませんでしたか。貸付金額が書かれておりますが、実際の貸し付けは物資だけでしたよね？　人件費はその物資の運搬、組み立て、工事とルルドゥの民が自分等で行（おこな）ったのですよね？　どんな灌漑工事かと見せてもらいましたが、材料費はこの提示された金額の五分の一程度ですよね？　こちらのお国の経済状況は過去二十年分調べておきました。私（わたくし）が失礼をしては申し訳ありませんからね」

　親分の広いおでこにうっすらと汗が浮かぶ。

「で、その材料費、まあ、工事設計図も代金を取られますが、見たところ一般的な用法なので安く済んだでしょう？　なので、お宅様はその差額をルルドゥ側に現金で渡さなければいけないのですが、首長はもらっていないと仰る。それが首長の嘘ならば、その時の貸付金の書類を今すぐ出して下さい。確認しませんと」

　親分の汗が玉になる。

「おやありませんか？　おやおや親分様はお忘れになられたのでしょうか？　従業員さんたちはご存じですか？　先程応接室などないから仕事部屋でよいと通されたこの部屋に重要書類は有りますよね？　……おやおや、皆さんご存知ない？　書類がないのでしたら、やはり貸付金の金額は無効になります。材料を工面した業者には請求書領収書が揃ってましたよ？」

　玉になった汗が一筋流れた。

「それと、ルルドゥで収穫された作物は出荷の際、親分様の所で仲介していたそうですね？」

「そ、そうだ」

「私（わたくし）、市場も調べて参りました。ルルドゥ側には大分少量の金額しか渡していないようですね？

運賃を差し引いたとしても、親分様の取り分が多すぎますね？　なぜですか？」

クラウスがにっこり微笑む。親分には悪魔の笑みに見えていることだろう。

「そ、その時は人手が必要で人件費が掛かったんだ」

「私、役所でも調べて参りました。ルルドゥとの国境にある関所で、ルルドゥからの農作物の運搬には三人しか付いたことがないと記録を確認して参りました」

その言葉に、親分の後ろに控えていた三人がピクリとする。

親分の汗が垂れる。

「え〜、ルルドゥの農業が軌道にのって十五年ですか？　その間の売り上げ差額から工事材料費を引くと、逆に親分さんが返さなければいけないと私共では計算が出たのですが、そこら辺の詳しい書類はありますか？」

とうとう親分すらクラウスから目を逸らした。

「まあ、なくても話は変わらないのですがね。……詐欺罪は大陸共通有罪ですよ、親分様？　特に今回は国が一つ消えましたからね」

そうしてクラウスは、にこやかにゆっくりと、首斬りの真似をした。

「というわけで皆！　クラウスを怒らせてはいけません！」

「「ハイ!!」」

「……何の話をしてるのですか……」

「「ギャー！　クラウスさんだー！」」

ドロードラング領、屋敷の前になるべく皆を集める。

臨時会議の前の小噺よ、こばなし。

ワーワー笑いながら子供たちが逃げていく。大丈夫だよクラウス、子供たち本気で逃げてないから！

「じゃあ改めて、ルルドゥの借金はなくなりました～！　ルイスさん、ハンクさん、ニックさんの聞き込みと、クラウスのはったりのお陰です！　皆！　拍手――っ!!」

うちは拍手喝采だけど、騎馬の民は皆茫然としている。

ルルドゥ、タタルゥ、両首長に一枚の紙を持っていく。

「これは、今後一切、ルルドゥ、タタルゥ、両国に手を出さないという証書よ。あの後ハスブナル国に直訴に行ったの。こんなチンピラがお宅にいたお陰で、両国は潰れかけていますよってね。あれだけ証拠を揃えて行ったのに、証書の出来上がりに一週間も掛かるなんて仕事が遅いわね、呑気な国だわ。補償はしなくていいからって認めさせたんだけど、本当がめつい！　うちも関わりたくないわ、あんな国」

両首長を見て笑う。

「証書ができるまで借金の事を黙っててごめんなさい。一気に報告したかったの。びっくりしたでしょ？　ふふふ～。故郷に戻ってまた何かあったらすぐ言ってね。これでもかってくらいハンコを押させたから、この証書を使ってアイツらから色々毟り取ってやるから！」

二人の首長は頭を下げる。

「何から何まで、誠にありがとうございます！」

「誠心誠意、働かせていただきます！」

「そうね、仕事は集中しないと怪我の元だからね！　これからもよろしくお願いします！」

今回ルルドゥから持ってきた農作物は、綿花！　胡麻！　そして米!!

畑を見たとき泣くかと思った。ちなみに田んぼという概念はないので畑呼びだけど、作り方はまんま田んぼでした。イヤもうまさかの出逢い！　一人で狂喜乱舞するほどよ。

気合入れて成長促進魔法を使いましたとも！

一日眠ってしまったけどもその価値有り！

そして、干上がった湖から塩を得た！

なんてこった！

全て集めて岩塩にしました！　削って使う！　塩の輸入先が決まるまで持つでしょう。

こんな内地で塩がとれるなんて、元は海だったのかしら？　なんて呟いたら、亀様が《ここら辺も暴れすぎて沈めたことがある》と返してきた。

なんてこった!!

《大陸を、あちらこちらと沈めたな……》

たそがれたラスボスがここにいるっ!?

内緒!!　絶対誰にも内緒!!!

ええ～、ゲームの終わりってどんなだったんだろう？

薄い本にはそこら辺は載ってなかった気がする……亀、出てなかったと思うけど、どうなんだろう？

もし主人公が亀様を倒しに来たら戦うことになるのか。

む～、ジャンケンじゃ駄目かな～。

亀様を戦わせたら人類どころか世界が終わりそうだもんな～、絶対駄目だわ～。

私、ジャンケン三回勝負なら勝てると思うんだよね～。

まあとりあえず、釜もできたことだし、まずは塩むすびを作りましょうかね!!

第三章　7才です。

一話　結婚式です。

執務室で事務仕事中、一段落したところで、マークとルルーが入ってきた。

「お嬢、相談があるんですけど……今、時間いいですか？」

「何？　改まって。いいよーどうしたの？　結婚報告？」

私も七才になったので二人だって十五才で成人を迎えたのだ。もう好きに結婚できる。恋人になったとは聞いてないけど。

まあ半分は冗談だったけど、二人はやっぱり全然違う話で来たらしい。一拍置いて違う違う！と騒ぎながら揃って真っ赤になった。

それを見てクラウスが小さく噴き出す。

気をとり直したマークが改めて話し始めた。

「騎馬の民は期限が来たら国に帰るでしょう？　その後の事なんですけど……、王都の、俺がいたスラムの連中を連れてきちゃ駄目ですかね？」

あ。

「俺と同い年の奴らはもうスラムを出てるかもしれないですけど、下の奴らはまだいると思うんですよ。全部で何人いるかはわからないので、全員じゃなくてもいいです。考えてもらえませんか」

「私からもお願いします。私は奴隷商からお屋敷に買い取られましたが、毎日の食事は最低限はありました。スラムではそれもままならないと聞きましたので……」

両親に会いたくないばかりに王都関係の事をすっかり忘れてた！

「王都を避けているのはわかっていますので、今すぐではなく、いずれはということで考えておいて欲しいのです」

ルルーがマークを気にしながら言う。

「……わかった。方針が決まったら議題に出すわ」

ありがとうございますと頭を下げて、二人は執務室を出た。

長く息を吐いた私にクラウスがお茶をくれる。

「ありがとう。……もう、対決した方が良いかしら」

独り言とも、クラウスへの質問ともとれる呟き。

「お嬢様はどうお考えですか？」

「……根回しすらしてないうちは両親と会いたくないわ」

「私も今はまだ時期尚早だと思います。ただ、動き出してもよろしいかとも思います。どう動くかは詰めてからですが、議題にあげてみましょう」

「……全面対決にはしたくない。議題にしたらそうならない？　私、大抵の事を短期決戦でしてきたからさ～」

「全面対決で困るのは全員です。そうならない為に議題にしましょう」

クラウスが微笑む。

何度助けられたかわからない程に見慣れてしまった表情。

だから、絶大の信頼がある。

だって「私」二人分でも敵わない経験がクラウスにはある。

皆にもある。

「……そうね」

それに色んな事を皆で話し合うのは良い事だ。そうやってたくさんの事を次代に残したい。今はまだ人数が少ないからこうできるのだろうけど、なるべく長く続けたい。

なるべく続けるには、両親のやっている事は障害だ。ていうか普通に罪だ。

「今晩、議題にしよう」

避けて通れない事だから、皆に支えてもらえるようにお願いしなきゃ。


キャーキャーと子供たちの声がする。ぼよよよんぼよよよんと気の抜ける音もする。

巨大空気クッションはトランポリンと名を変えて、今や子供たちの遊具になりました。それだけだと危ないので、トランポリンに沿って空間を魔法で区切る。激しく跳んでも飛び出て落ちないように、壁に当たってもあまり痛くないように、丈夫なビニールハウスのようになっている。過保護かな？　と思ったりもしたけど二～三才の幼児が落ちるのは嫌だ。

ぜひとも楽しく体幹を鍛えて欲しい！

そう！　これは遊びのふりした特訓なのです！　健康的にバランスよく育ってもらいたい。

とはいえ、トランポリンも人数が限られるので順番こ。守らないヤツにはお仕置きをするし、上の子たちは順番待ちの声掛けをしてくれる。最初はケンカもあったけど、騎馬の民の子供たちも慣れてきたようだ。毎日馬に乗るからか跳んでる姿のバランスが良い。うちの子たちの方が高く跳ねていたけど、最近は同じくらいになった。

「あ！　お嬢だ！　お仕事終わったの？」

「終わったよー！　私もまぜてー！」

わいわいと周りにいた子供たちもトランポリンハウスに入る。そして、皆で手を繋いで大きな円になる。

せーの！

掛け声に合わせ、皆で軽いジャンプを繰り返す。

魔力を練って、繋いだ手に這わせていく。と同時にハウスの天井を消す（魔法だし）。全員に私の魔力が行き渡ったのを確認して「行くよー！　……せーのっ！」

ジャンプ――――ッ!!

高く高く。

屋敷よりも西の山脈よりも、雲に近づくほどに高く上がる。

子供たちの顔はキラキラしてる。

あんたたちの世界は、遠くまで広がってるよ。

ひゅうぅぅ――――っ、ブオヨヨヨヨヨヨヨン!!

笑い声が響く。

一人だと必ず泣いて落ちてくるお仕置きの高さも、皆で手を繋げば楽しいものになる。だからお仕置きよりも皆で飛びたいと考えるようになったみたい。私もまざりたいから、午後のこの時間は空けている。他の事をしたりもするので毎日はできないけど、子供たちなりにそこら辺は理解してくれてる。

なお、この遊びは成人以上には不許である。なぜだ。

「「お嬢！　ありがとー！」」

あ、興行用に小さいのを作っても良いかも。


『お嬢！　ヤンです！　ついに大群が出ましたぜ！』

「よしきた！　五分待ってて！」

『了解！』

最近、買い出し部隊の再編をした。

騎馬の民の戦力を農業だけに費やすのももったいないので、冒険者ギルドに登録してできそうな依頼を受けている。もちろん隣のイズリール国で。

何で今さら登録なんてと言われそうだけど、モンスターって勝手に狩ってもお金にならないのよ！　どうせならいくらかでも稼ぎたい。領地（うち）に出るモンスターは食料&肥料に加工されるので、稼ぎ（現金）にはならない。熊サイズの豚や大イノシシは大変美味しいモンスターです！　なので、近隣領地含めギルドを置くほど厄介なモンスターも出ない。

っていうか、もっと討伐メンバーが必要で困っていたギルドと、興行の舞台に上がりたくない男たちの需要と供給が一致した結果です。いいお小遣い稼ぎだって。まったく。

まあ、登録してわかった事だけど、資材になりそうなモンスターがいたのよ。

私は皆に止められたので登録できなかったけど手伝うのは許された。まだ七才だし、小さいうちから派手に活動してしまえば変に目立つしね。一応亀様が付いていれば大群にも対処できるし、魔法の訓練になりそうな時は手伝ってよいというＯＫが出ました。自称領主代行なので興行以外でそうそう留守にもできないし。

……領主が興行に参加するのがおかしいという声は私には聞こえない！

獲物を見つけたら呼び出されて、亀様で移動して買い出し部隊と合流。

亀様のおかげでイヤーカフの通信距離も伸びた。どこまで使えるのか未知数という恐ろしい物になった！　一つだけ不満なのが、呼び出しが「お嬢」で固定されてしまったこと。

……亀様め。……まあいいや。

今回狙っていたモンスターはトレント。歩く木だ。

モンスターと侮るなかれ。これがまた立派な木なんだわ。加工しがいがあるっての！

喜ぶ私にトレントすら戦慄。ベッド作りで鍛えた加工の腕を見よ！

……なんて、実は最初は手こずりました。だって動くんだもん。変な風にザックザックと切ってしまって、薪にするしかなくなって、何回かは皆にトレントの動きを止めてもらってからの加工でした。

それからは一人でできるようになり、木材になったトレントを買い出し部隊が保存袋に入れてくれ、討伐証明部位のトレントの腕をギルドで換金。

そうやってトレントばっかり狩っていたら、トレントの異常発生を教えてもらえた。年に一、二度どこかの森でやたらと大量に出てくるらしい。いつも合同パーティーで討伐するらしいのだけど、いつも処理に困って最後は燃やすと聞いたので、是非！　処理はうちにお任せを！　と押して押してギルドの了承をゲット。

そしてついに大群に遭遇！　ふはははは！　おっとヨダレが。

こんだけあれば新築増築いくらでも！

もはやトレントは木材にしか見えない。

そして後ろから聞こえる仲間の声。

「ほんと、うちのお嬢はとんでもねぇ……」

………たまには褒められたいなぁ。

と帰ったら、土木班の親方に「おお、切り口が綺麗になったな。腕を上げたな、お嬢」と、静かに褒められた。

うん。嬉しいけどちょっと違う。

トンテカントンテカンゴリゴリゴリゴリ
木槌、金槌、鋸(のこぎり)の音が響くようになって二週間。

六戸入り二階建てアパートが一棟、屋敷の近くに完成間近です。早っ！

設計図と土台はできていて資材の確保待ちだったところ、トレント大量発生で待ちも解消。あっという間に骨組みが組まれ、屋根、壁ができて建物っぽくなった。残念ながらトイレとシャワーは共同。聞けば王都でも共同が主流らしい。配管に丁度いいのが見つかったら改築しようっと。風呂は今まで通り屋敷の大風呂を使用可能。

竈(かまど)まで共同っていうのには抵抗を感じて、簡易コンロでも開発しようかと思ったけど、あまりハイテクな物を使うと他所で不便を感じるだろうと断念。でも、お茶を飲む程度のお湯を瞬時に沸かすコンロは台所の隅っこに一つ付けるけどね。

二階建てアパートよりも長屋タイプが良いかな～？　でも領民が増えたら階数ある建物の方が良いよね～。農地が減っても後々困るし。まあとりあえず、住んだ人の意見を聞いてみて考えよう。

アパート一棟建てても木材が大量に残ったので、すべり台を作ってみた。屋敷の二階バルコニーからカーブをつけた物を一台。亀様滑りより低いけど、そりの使えないチビッコには好評。滑ることに馴染みのない騎馬の民にも好評。トランポリン超高跳びは苦手でも、これくらいならと大人も楽しんでる。

……よし。ぼんやりと計画してたアレを相談に行こうっと。

あ、その前に土木班はしばらくお休みにしなきゃね～。


騎馬の民の力も借りて色々と畑作してみた。

米を知っている人たちは飼料として認識していたので食べることに躊躇いがあったけど、塩むすびは好評だった。

他に比べたら小さいけど田んぼも作った！　腹持ちの良いところが男たちに好評。フムフム。醬油と味噌と海苔（のり）も欲しいな～。どこの国で作ってるんだろ？　近場ではなかなか見つからないな～。興行先を変えようかな？

とりあえず砂糖の原料、甜菜、サトウキビを植えてみた。

短い大根のような甜菜は生（なま）では不味かった。煮ても土臭かった。これは砂糖にするしかない！

……何で絞り汁は煮詰めれば甘くなるのかスゴイ不思議。葉部分は炒めてふりかけにしたいところだけど、塩だけでは厳しく醤油がないので断念。やっぱり大根よりクセがあるので肥料&飼料へGo。

サトウキビもとりあえずは促進魔法で普通にできた。現物を見たことのあるルルドゥの首長は、少し細いようだと言う。魔法で八割の出来といっても、ん～、サトウキビは自力では無理か？　加工した残りカスで紙を作ろうと思ってたけど、ちょっと厳しいかな。

「こちらで加工してもらえるなら、サトウキビはルルドゥとタタルゥで作ってもいいんじゃないか？」

騎馬の民が言う。確かにドロードラングよりは暖かい地域だけど作った事はないらしい。米よりは作り易いかもしれないから試しにやってみようかということになった。まずは試しね。

駄目なら止めればいい、その時は亀様に聞けば教えてくれるでしょう。そうやって何が作り易いかやっていこう。

何ができるだろう。

私の力の及ぶ限り、何でもやりたい。

皆が楽に生活できるように、いや、楽しく生活できるように。

理想だけど。

一日の全てじゃなくていい。その楽しさがあるから今日も頑張れる。そんな日々を皆で過ごせたら。

「お嬢様？　ここでお昼寝ですか？」

ダジルイさんがそっとそばに来た。畑の横の雑草が繁る所に大の字に寝転がってる私。これが気持ちいいのよね～。

「うん、昼寝のフリ」

片目を開けて彼女を見る。

「だからカシーナさんには内緒にして」

そう言うと二人で小さく笑った。

「お邪魔ではありませんか？」

「そのようなことはございませんわ。どうぞ、お掛けになって」

「……ふふ。その姿ではせっかくの言葉も台無しですよ」

あははと笑ってしまった。

「だって気持ちいいもの。世の中のお嬢様はこれの気持ち良さを知らないなんて損してるわ～。服を汚して怒られる以上の価値があるのに」

「そんな風に仰るのはお嬢様だけでしょうね」

朝昼晩と服を替えて、更に外出用にも色々とドレスが必要とか、貴族って大変よね。流行りにも乗らなきゃいけないし。貧乏人には無理ムリ。フリフリは舞台衣装だけでいいわ。

あ、そういや私、貴族の端くれだったわ。

「そうそう、チムリさんからの伝言です。淡い色の染色がうまくいきそうですって」

「本当!?　やった！　これで騎馬の民の紋様を淡い色で作れるわね。濃い色も素敵だけど、淡い色合いもいいと思うのよね。ダジルイさんは機織り得意なの？」

「人並みですよ。私よりも娘の方が上手です。一番と言うなら首長たちの奥さんでしょう。甲乙付けがたい二人ですね。ただ糸が細いので、慣れるまで少しかかりそうです」

あ、そか。細いと粗が案外と目立つのよね。騎馬の民は目が良いから、余計に気になるだろうな。スパイダーシルクは綿糸より細くて丈夫な上に伸縮もするのでしばらくは大変かな。ゆっくりやってもらおう。

「それにしても、ダジルイさんは所作が綺麗になったね～」

「そうですか？　ありがとうございます。カシーナさんが丁寧に教えてくださるからでしょうね」

騎馬の民は草原を駆ける獲物を狙うために気配を絶つのが巧い。

ダジルイさんはいまだに私に対して罪の意識があるので、罰として王都の偵察に行ってもらうことにした。どういう形になるかは未定なので、侍女としても大丈夫なように現在淑女教育を受けている。誰が行っても危険な事なのだけど、本人の強い希望もあって勉強してもらっている。

うちと騎馬の民の男女何人かが候補として修行中である。

主に偵察。戦闘は逃げるためのもの。

この二つを強くお願いした。

いま、領地にいる人数を減らすわけにはいかない。

魔物狩りだって強いものは狙わない。多少のケガで済む相手だけにして。

皆がいて、ドロードラング領は動いているから。

自分に力がないって悔しい。

魔力があっても、誰かの助けがなければ動けない。

悔しい。

だから、必ず、領地を永く豊かにする。

「ふふ。眉間にシワが寄ってますよ」

私はまだまだ子供だ。……前世で成人はしたんだけどな～。経営って難しいわ～。

「大丈夫です。皆でたくさんの事をしましょうね。だから私にもできることはお手伝いをさせてください」

……もう。

「〝お母さん〟は甘やかすのが上手いわね！」

「そうですよ。飴と鞭を使い分けて、子育てと男を働くように焚き付けなければいけませんからね」

「……ぷっ！　敵わないはずだわ～！」

空を見ながら、二人で寝転がって笑った。

ガタンガタンガタンガタンガタンガタン、カチャ。

……ゴッ、ゴッ、ゴッゴゴゴゴゴゴゴゴゴオオオオオオオ!!!


ぎいいぃぃぃやゃぁぁぁあああぁぁあああぁぁぁぁぁああ!!!


総勢十人の悲鳴が響きわたる。

あっはっは〜！　これこれ！　懐かしい〜！　小学生の時に子供会で一度だけ遊園地に行ったけど、身長が足りなくて宙返りのジェットコースターに乗れなくて悔しい思いをしたのよね。リベンジやっほう！　た〜のし〜！

そう。作ってしまいました、ジェットコースター！

木材が足りなくなってトレントを狩りまくり、鉄が必要になって山を掘り、ネリアさんに作らせた模型を元に土木班鍛冶班の総力を挙げて、仕上げに黒魔法を駆使して作り上げましたー！

安全装置もバッチリなので、何才からでも乗れるわよ！　ぬいぐるみ亀様も固定できるのよ！

定員は十人よ！

まず私以外は大人の男だけで初乗り！

皆の魂が半分出てる！　わっはっはっは。

二回も宙返りするとか楽しいんですけどーっ！

「どうコレ！」

「「「無理!!　」」」

「「「楽しい!!　」」」

一通り皆が乗り終えてから聞いてみたら賛否両論。

よし。ＯＫ！

ジェットコースターが万人にウケるなんて思ってない。これで他のマシンを作りやすい。ネリアさんと親方たちと詰めなきゃね。

あ、亀様は面白かった？

《うむ。人間とは不思議なものを作る……また乗りたい》

良かった！

「こんな恐ろしい物をどこから考えつくのか……」「俺は楽しかったッスけどね～」「もう……腰が抜けて……」「髪の毛が変になってる～！　あはは！」「もう一回！　もう一回乗りたい！」「あ～、眼鏡が飛ぶかと思った……」「……二度と乗らんぞ……！」「あっという間だったわ～。面白いわね！」「やっぱり乗り物に装飾したいね。どんなのが良いかね～」

ワイワイ楽しい！

あ、のびた人用に休憩所は必要かな。

「マーク、マーク！　しっかり！」

要！　救護所！

調理場からいい匂いが漂う。

調理場の近くにはジリジリと子供たちが集まっては散らばっていく。

やっと、鶏三十羽と乳牛五頭を手に入れました！　買ってきました！

あー、長かった。飼料も賄えると計算できたので、とりあえずの確保。

これでやっとお菓子改革ができる！

ということで、ただいまスポンジケーキを焼いております！

甘い匂いがもう美味しそう！　甘いのが苦手な人たちは外に避難してる。

厳つい料理長ハンクさんがオーブンを睨みつけている。他の料理人たちも真剣だ。料理に関しては魔法は緊急時以外は不要というハンクさんの信念により、私も待つだけ。

調理方法が増加したことで道具製作も必要になり、また鉄を掘り出す。資源が足りなくなる？と不安になったけど、亀様に大した事はないとお墨付きをもらえた。良かった。

この後、綺麗に焼けたスポンジケーキの味見権争奪ジャンケン大会が行われ、勝ちました！　料理人たちに続く味見権の一番を獲得。

旨かった！　さすがハンクさん！　この調子で焼いてヨダレを垂らす奴らに食べさせておくれ！

……私、領主なのにジャンケン……勝ったからいいけど。

その日の会議後に、料理班、首長の奥さんたちと、カシーナさんを除いた服飾班と打ち合わせ。

よしよし順調ですな。

女子は変なテンションになりそうで注意した。私も気をつけるから皆もね！　と。

アパートの完成前にやっとカシーナさんから淑女教育及第点をもらえました。私まだ七才よ頑張ったよ。淑女なのを二時間もたせられればそこそこ良しでしょ。ダンスなんかはこれからだけど一段落しました。

あ～やれやれ。淑女って大変ね～。

ジェットコースターくらい作りたくなるっての。スカッとしたくなるっての。

ということで、アパートの完成と同時に決行です！

親方たちとも打ち合わせねば。

乙女は色々と詰め込みたいのです！

今日はアパート完成のお祝い日。

お昼に向けての準備のために朝からてんやわんやです。

まずは調理場。朝ごはんの片付けからすぐ調理開始。

飼育班はいつもより短い時間で放牧終了。

服飾班は予定している服にアイロン（鉄鍋に熱した石を入れるやつ）をかける。ここが一番殺気立っている……。

狩猟班はお休み。昨日まで色々と狩ってきたので食料庫はいっぱいだ。

農業班、土木班は、子供たちと会場のアパートを飾り付け。細工師も交ざっているので何だか豪華な雰囲気。いいね～。

そして私は風呂を沸かしております。

いい湯加減になったところで、服飾班の一部に担ぎ上げられたカシーナさんが風呂へと入れられる。

「な！　何？　何!?　ちょっと！　何で脱がそうとするの!?　自分で脱ぐから！　キャーッ!!」

そうして、ピカピカに洗われ、楽しげなお母さんたちに興行中に見つけた香油を塗り込まれてた。合掌。

それから少しして、ルイスさんも風呂場に現れる。

「お嬢、カシーナの悲鳴が聞こえましたけど大丈夫でしたかね？」

「あんなものでしょ。あれ？　ルイスさん一人？　背中流してあげようか？　ニックさんを呼ぶ？」

「男なんで一人で大丈夫ですよ。お嬢もこれから忙しくなるから今のうちゆっくりしてください。……今日はありがとうございます」

改まって頭を下げるルイスさん。

「お祝いは派手にやるものよ。これからカシーナさんをどうぞよろしくお願いします」

私も頭を下げる。

「……母親みたいですね」

「気分はそうね！　後でカシーナさんにもルイスさんをお願いしなきゃ」

「ははっ。俺のお母さんは小さいな！」

「そうよ！　貴方たちの幸せを喜んでるの伝わってる？　ふふ！　あ、次の準備に行くわね。長湯してのぼせないように！」

「はい……。わかりましたー」

お互い手を振って別れる。

準備準備！


花火が上がる。

魔法で作った音だけ打ち上げ花火。

騎馬の民の弦楽器が音を奏でる。定番の曲とは違うけどお祝いの曲。

屋敷前にセッティングされた会場には領民がいる。

ゆっくり観音開きされた屋敷の扉からは、真っ白い衣装のルイスさんとカシーナさんが腕を組んで出てきた。

割れんばかりの拍手。

屋敷扉から敷かれたレッドカーペットを粛々と進む二人。

その先には、薬草班の傑作、緑のアーチの元に、亀様の像がある。百三十センチメートル程度の高さの台に体長五十センチメートルの亀様が乗っている。
その台の前で二人は止まる。そして、亀様の像に手を置く。
《二人の、婚姻を結ぶ為に、誓いの言葉が要る。……新郎ルイス》
「はい」
《健やかなるときも、病めるときも、どのような時も、変わらず、妻となるカシーナに愛を捧ぐことを誓うか？》
「誓います」
《新婦カシーナ》
「はい」
《健やかなるときも、病めるときも、どのような時も、変わらず、夫となるルイスに愛を捧ぐことを誓うか？》
「誓います」
《二人の誓いを受け取った。今この時より、二人は夫婦となった。その命の限り、二人に幸があるように、誓いの口づけをするといい》
「「え!?　」」
戸惑う二人。私に何か言いたそうだけど、いい笑顔で返す。
「夫婦になったことを見せつけるのよ！」

途端に歓声があがる。

ルイスさんは笑ったけど、カシーナさんは白目をむきそうだった。あら～無理か？

と思ったら、ルイスさんがカシーナさんに何かを囁いてさらっと口づけた。

……やるな～。

恥ずかしがるカシーナさんを姫抱っこし、拍手と歓声の中を悠々と屋敷に戻る。

「ステキ！」「ルイスさん、やるな～」「皆の前は恥ずかしいけど、いいな～」「お幸せに！」

女子たちはキラキラしてる。あんたたちの時も同じ様にしてあげるよ！

衣装替えのために服飾班が先回りする。

食事の準備のために料理班も動く。

「亀様、緊張した？」

今日も抱っこしてる、ぬいぐるみ亀様に聞く。

《そうだな。宣誓の承認をするのは初めてだからな。あれで良かったか？》

「バッチリよ。もっと色々付け足したりするけど、要点は合ってるよ」

《随分と手の込んだドレスだった様だから、もっと時間をかけてやれば良かったか？》

「あ。それもそうね。皆しっかり見たと思うけど、次からはもうちょっと時間かけてみようか。服飾班の力作だもんね！　うちのお針子は優秀だわ～。亀様も次はリボンくらい付けようよ！」

《…………考えておく》

亀様ってノリがいいよね～。断らないもん。ふふ、優しい。

「料理を運ぶからテーブルを整えてくれ～！」

子供たちが元気よく返事をして、大人たちと準備を始めた。

私は深呼吸。

続々と運ばれる料理に子供たちのテンションがあがる。お祝いだから飲み物は仕入れたレモンで作ったレモネード。大人たちはお酒。

ふふ、亀様もソワソワしてきたみたい。

空から、はらはらと花びらが降ってくる。

「……いつ見ても、いい景色ね～」

誰かが言った。同じように感じてもらえて嬉しいな。

ゆっくりと降る花びらは屋敷の扉の前に集まっていく。そして、扉が隠れるほどに大きく丸くなって、くるくると緩やかに回る。

ふと動きが止まる。

そして、一拍おいて弾けた。

びっくりした声があがるが、扉の前に衣装替えした新郎新婦が現れると歓声になった。

弾けた花びらは皆の手に届き、それを、歩き出した二人に今度は皆で振りかける。子供たちははおはしゃぎ。

騎馬の民の紋様を淡い色で編み込んだ衣装は、ドレスとはまた違う素敵さで、女子はため息をつく。服飾班の満足げな表情が格好いい。

誓いの言葉を交わした場所には二人専用のテーブルが置かれ、二人がそこに立つと拍手が大きくなった。

そしてハンクさんがワゴンを押してくる。その上にはクリームや果物で飾られたスクエア型のウェディングケーキ。シンプルだけど、今ある技術の最高峰。ケーキの美味しさを知ってる人はガン見である。

ハンクさんがリボンの付いたナイフを差し出すと、ルイスさんとカシーナさんは二人でナイフを握り、先端をケーキにそっと入れた。

ちょっとだけクリームの付いたナイフを受け取り、ハンクさんがニヤリと笑う。

「おめでとう！」

今度はアーチからシャボン玉が飛び出す。もちろん幻。

洗剤が食べ物にかかったら大変だもの。

キラキラとした風景にまた歓声があがる。

カシーナさんが泣いた。ルイスさんが涙を拭ってあげる。キラキラの中、その頬にキスをした。

ラブラブ～！　黄色い悲鳴があちこちであがる。もちろん私もまざってるよ！

結婚祝い会は、その片付けを明日にまわすことになる程大盛況でした。

へろへろで飲み潰れた大人たちの間をぬってルイスさんとカシーナさんのところへ行く。

「はい、新居の鍵よ。二階の真ん中だからね。もっと色々家具とか贈りたかったけど、最低限しか間に合わなかったわ。ごめんなさい。そのかわり想いは込めたから！」

ニヤニヤしてしまう私に、二人が畏まる。

「お嬢。お嬢のおかげで働くことができて、お嬢が眼鏡を作ってくれたから、結婚を申し込むことができました。稼げないと結婚できませんからね」

「お嬢様。お嬢様がお帰りになられたから、こうして女性としての幸せを得ることができました」

二人が、ありがとうございますと深々と頭を下げた。

……嬉しいな。

「……二人が結婚してくれて嬉しい。こんな喜ばしい事を祝えるようになった事が嬉しい。……二人とも、生きることを諦めないでくれてありがとう」

二人の手を握る。

「末永く仲良くね！　そして、これからも協力をよろしくお願いします」

「もちろんです。でもカシーナは興行に参加させませんからね」

「……駄目か」

「これからも淑女に向かってビシバシやりますよ？」

「駄目だった！」

雰囲気でどうにか了解とる前にガードされた！

何て手強い夫婦だ！　……まあ、それでこその二人よね。

結婚おめでとう!!

二話　攻略対象です。

五才の妹の手を引いて路地裏を歩く少年。

先程から大通りに向かっているはずなのにまったく辿り着かない。喧騒の大きい方に進んでるつもりなのに行き止まりばかりだ。

妹はさっきから泣いている。こんなに泣いていたらそのうち疲れてしまい、この子を背負わなければならなくなるだろう。

まさか自分の住む街で迷子になるとは。

なぜ妹の言うままに歩いてしまったのか。一所懸命に兄である自分の手をひく姿は可愛かったが、まさか従者から離れる程に素早く動いてしまうとは。

歩きやすい格好にして良かったが、後で怒られるなぁと憂鬱になる。だから妹も泣いているのだろう。

まあ、二人一緒で良かった。一人だったら自分も泣いていただろうし、こんな小さな妹を一人にはしていられない。

しかし困った。

と思った瞬間、角から人影が飛び出した。

慌てて妹を背後に庇う。

「あ、この泣き声はあなたか～、会えて良かった！　私迷子だから寂しかったんだ～。一緒にいてもらえないかな？」

飛び出した少女は、少年と妹に笑いかけた。


いやあ、路地裏って無駄に不気味なのよね～。何でかしら？

日中だからわりと明るいのに。いつも一緒の亀様がいないからかな～。

一人でうんざりしていた所に泣き声が聞こえて、それを辿って行ったら黒髪美兄妹を発見！　ラッキー！　こんなところで目の保養～！

とりあえず、泣いている妹ちゃんに保存リュックから木筒のレモネードを出す。まずは私が一口飲む。コップがなくてごめんねと渡すと喉が渇いてたのか、ゴクゴクと飲んだ。お兄さんにも分けてねって言ったら素直に渡す。……可愛い……。

あとは、干し葡萄(ぶどう)入りクッキー。

干し果物作りはルルドゥとタタルゥに頼んだ。うちよりも空気が乾燥しているようで、出来が違うのだ。より旨い。仲良くなってて良かった！

葡萄は、トレント狩りのついでに見つけた物だけど、時期になったらまた収穫に行く予定。地主のいない森で良かった！　うっしっし。

クッキーを三人で食べて、やっと妹ちゃんは落ち着いたもよう。

「おいしかったです。ごちそうさまでした。おねえさん、ありがとうございました」

か～わ～い～い～！　ちゃんと言えて偉いね～！　オバチャンが飴ちゃんあげるよ～！

は！　飴はまだなかった。結構砂糖を使うから後回しお菓子に仕分けされたのだった。

「とりあえず、これから騎士団の詰所に行こうと思ってたのだけど、どんな場所にあるか知ってる？」

「どんな場所とは？」

「なんとか通りの道沿いにあるとか、街の東西南北のそれぞれにあるとか、知らない？　私ね、五才まではここに住んでたんだけど家の中にばかりいたから街の様子がよくわからないんだ」

少年はちょっと考えてから答えた。

「確か、アーラ通りに沿って、東西と中央の三ヶ所があったと思う」

「おお！　やっぱり地元の人に聞くのが一番ね！　で。今いるここは街のどこら辺なの？」

「…………すまない。僕もわからないんだ」

真っ赤になって俯く美少年。…………なにこれ。誰の為のご褒美よ。ありがとうございます！

「そっか～。じゃあ誰かに聞けばいいね！　三人で詰所を探そう！　はぐれると困るから、妹ちゃんは私の手を引いてくれる？」

「うん！　あ、はい」

言い直し、か～わ～い～い～！　やっぱり貴族の子かな。いい素材の服だし、手はツルツルだし髪の毛も艶があるし。二人とも綺麗な髪。

ふと、妹ちゃんが私の頭を見つめる。

「おねえさんのリボン、キレイな色ですね」

「綺麗？　嬉しい！　このリボンはうちの職人さんがずっと研究してくれて、やっと染め上がったんだ〜。褒めてもらえて良かった〜」

そう。あの結婚式以来、服飾班と薬草班と騎馬の民から染織班が分離。ずっと研究実践で、更に美しく淡い色を染めることができた。もっと長いスパンでいつかできたらいいね、なんてお茶を飲んでたらできちゃったみたいな勢いで進められました。

真面目ってていうか職人気質っていうか、オタクだな、あののめり込み方。

まあ、こうしてどこぞのお金持ちのお嬢様の目に留まったから、かなりいい出来なのは保証されたかな。

今日のリボンは、淡いラベンダー色。スパイダーシルクだから少し光沢もある。私の様な子供が付けてもおかしくない。素晴らしい！

ただ、迷子防止用の為、デカイ！　編み目が服に比べて大きいのでフワッと軽いけどね〜。

興行で子供はお揃いで付けることになった。女の子はリボンとして、男の子はバンダナとして。目印があると見つけやすいし、イヤーカフを落としてしまうこともあるだろうしね。保険はいくらあってもいい。

「お兄さま。私もおねえさんと同じリボンがほしい」

「そうだね。帰ったら探してみようか。君のところではまだ数が少ないのだろう？」

「そうなの。どれくらい見込めるかの様子見だから少ししか持ってきてないの。私が勝手にいいよとも言えないし。でも私の連れと交渉してみて？」

「わかった」

妹ちゃんのじっと見つめる目にやられたので、綺麗な黒髪に合わせてみたくなってきた。

「ね？　これで良ければ付けてみる？　似合いそうだよね～」

「え、いいの!?」

さらっとほどき、少年の了解をとる前に、デッキブラシで空を飛ぶ黒いワンピースの魔女みたいに結んであげる。

うわっ可愛い！　黒髪に映える～！

似合うか不安なのか、上目遣いでこっちを見る。だから！　誰得!?　ありがとうございます!!

「可愛い～！」

はにかむ美幼女。ヤバイ！　失敗した！　誘拐しちゃう！

しかし少年はさらっと、似合うねと言っただけだった。

え!?　もしやこのレベルが都会の一般的なクオリティー!?

どんな魔窟だここは!!

「お嬢～、です？」

頭上から聞きなれた声がしたと同時に私の背後に影が立つ。少年の目付きが鋭くなり妹を庇う。

……素早い。冷静だな～。同い年くらいなのに動きが洗練されてる感じ。

私では素人判断しかできないことは放っといて、振り返る。

「おお、ヤンさんだ。さすが狩猟班！　お疲れさま、一番よ」

「なんで目印の筈のリボンを外してるんですか。リボンを見て声を掛けたのに別人だから焦ったじゃないですか。言っときますけど、上からじゃ髪の毛の色なんて確認し辛いですからね」

説教は尤もだ。まだ見つかるまで時間がかかると思ったとか、この子の方が似合うと思ったとか、探す方には関係ない。

「ごめんなさい。浅はかだったわ」

「まあ見つけたから良いですけどね。なるべく目印は外さないでくださいよ」

「その人は？」

まだ警戒したままの少年が、ヤンさんから目を離さない。

「私の従者の一人よ。スゴく身軽なんだ〜」

実は、迷子になった私を探す訓練をしてたということを話す。これは偵察の練習も兼ねている。

今回の選抜メンバーがどの程度できるか、実際に都会ではどの程度通用するのかの確認も含めての迷子作戦である。最初なので建物には入らないというハンデはあったけど、夕方までかかると思ってたのに大分早かったわね。ヤンさんスゴいな。

迷子訓練だけ話したけど、信用してくれたみたいで少年は警戒を解いた。妹ちゃんがモジモジしてる。

「あの、リボン、ごめんなさい……」

もう何やっても可愛いな、チクショー！

いいのよ。私がいいよって言ったんだから。

「で？　こちらのお子さんたちは、どちら様で？」

「迷子仲間よ。一緒に騎士団の詰所に行こうって移動中だったの」

へー、じゃあ行きますかと、ヤンさんは妹ちゃんをひょいと肩車した。

「何をする!?」

案の定少年が血相を変える。

「何って、このリボンが俺らの目印なもんですから、目立つように肩車ですよ。どうせズボンだし恥ずかしくはないでしょ？　詰所に着くまでお願いしますよ。それに、」

今度はヤンさんが少年を見つめる。

「やんごとない方々を見失ったと大慌ての人間とすれ違いましたので、少し目立った方がいいかと思った次第です」

少年が俯く。そして、小さな声でお願いしますと言った。

ニヤリとしたヤンさんは右手に少年、左手に私と手を繋ぐ。

「じゃあ行きましょうかね～」

「ところでヤンさん。私を肩車する案がないのはなぜ？」

「お嬢を肩車したら真っ直ぐ目的地に着かないからですよ。寄り道ばっかりじゃないすか。キョロキョロし過ぎるから、お嬢を肩車すると肩が凝るんですわ。四十才越えには厳しいんで、お嬢は抱えて集合ってクラウスさんとニックからのお達しです」

ぐぅの音も出ない！


一番近かった中央の詰所に着いた途端、詰所内が慌ただしくなった。

この美兄妹はだいぶ高貴なようで、肩車をしてきたヤンさんが怒られた。まあそんなの気にしない人だけど。申し訳なさそうな顔をした少年にニヤリとしたし。

そんなバタバタした詰所に、続々とうちの連中が集まってきた。

マークは地元だから勝てると思ったのにとボヤき、ニックさんルイスさんはやっぱここは賑やかだなと笑い、ダジルイさんは人が多い……とげっそり。トエルさんや騎馬の民の双子のおじさんのザンドルさんとバジアルさんは、目が回る……と座り込む。

確かに、領地より遥かに物も人も多いもんね。

お疲れさまと声を掛けながら、またもリュックからお菓子を出す。プレーンと、胡麻を混ぜた物と、ハーブを練り込んだ数種類のクッキーを見ると、皆が木筒を取り出して寛ぎだした。

私らは壁際のベンチ椅子で美兄妹はゆったりソファ。この格差。笑う！

騎士たちは二人の相手をする余裕もなく動いているので、これ幸いと二人の周りに皆で移動した。

「さっきのより甘くないいんだけど食べてみる？」

味ごとに包んでいたので説明をしながら包みを広げる。

お茶セットがあったので二人にはダジルイさんがお茶を淹れてくれた。

「あれ？　葡萄のはもうないんですか？」「胡麻のこのプチプチした感じがいいよな～」「ハーブ入りは酒が飲みたくなるわ～」「何も混ざってないのが一番旨い」「そうか？」

野郎共がワイワイと食べる中、空の木筒にお茶を淹れてもらった私が飲むと、ようやく二人も口を付けた。

「ハーブのクッキーなんて初めて食べた……おいしい」

少年が笑った。妹ちゃんはお行儀よくニコニコ食べて、隣に座った私に何度も頷く。その様子に癒される野郎共。良かったわね。

そうしてまったりしていたら、「お二人に勝手に近づくな！」と怒られた。へえへえと言いながらベンチに移動。そして、騎士がいなくなってからまたソファに戻る。

何度か繰り返してたらとうとう所長みたいなおっさんが来た。顔を真っ赤にして怒る所長の後ろでは二人が笑いを堪えていた。だってうちら、誰も聞いてないんだもん。

一列に並ばされてその前を所長がウロウロしながら騒いでいる。所長が向きを変えた先はピシッとして、通りすぎるとダラッとなる。昔ながらのコントですよ。

「ぷふっ」

ついに妹ちゃんが噴いた。声が小さくて所長には聞こえなかったみたいだけど、ガッツポーズをした私らに今度は少年が噴いた。

「アハハハハ!!」

何が起きてるのか解っていない所長の振り返った顔も面白かったのだろうね、二人とも大声で笑いだしちゃった。

よし！　ハイタッチをする私たち。困惑する所長。笑いが止まらない美兄妹。

「何ですか？　この状況は？」

亀様を抱えたクラウスが詰所のドアを開けた。

「うちの迷子と付き添いを引き取りに来ました。お取り込み中ですか？」

「クラウス！　お迎えありがと」

亀様を預かる。

《予想より早かったな》

私たちにだけ聞こえるようにしてるようだ。まあ、喋るぬいぐるみは目立つしね。

皆がニヤリと笑う。

「ヤンさんが早かったの！　皆とは詰所で会ったわ」

「そうでしたか。おや、リボンはどうしました？」

「あの子に貸したの。可愛い子がすると良い宣伝になるかと思って結んでもらったのよ。そしたら気に入ってくれたみたいなんだけど、いくつかリボンの余裕ある？」

美兄妹を指すとクラウスが息を呑んだ。ん？

「そうでしたか」

あれ？　気のせい？　……ま、いいか。

クラウスは美兄妹の前に行く。

「この度は、うちのお嬢様がお世話になりました。よろしければリボンをお礼に差し上げたいのですが、受け取っていただけますか？」

少年がサッと立ち上がる。

「ありがとうございます。ですが、世話になったのは僕らの方です。彼女と会えなければここまで来られたかわかりませんでした。それにリボンはこちらから欲しいと言いました。聞けば、産業の発展の為に作られたそうではないですか。是非その助けになればと思いますので、代金は支払います」

なんて立派な男児だ！　うちの連中が全員感心している。

そして私を見る。なぜだ！　私だってそれなりにできるっての！

クラウスがにっこり微笑む。

「ありがとうございます。ではお買い上げということで進めさせていただきますね。ただいまリボンをお持ちしますので少々お待ちください」

そうして、少年がソファに座るのを確認してからクラウスがこちらに戻ってくる。

「俺が行きますよ」

マークが言うと、クラウスは手を上げて制する。

「いいえ、ルルーとライラとインディにこちらに持ってくるよう頼みました。宿も近いし、亀様もついているので大丈夫です」

　そう。結婚式で使った像の亀様もだけど、亀様ぬいぐるみが増えました。キーホルダーサイズで、女子子供は全員持っている。亀様の能力に頼った保険だけど、《苦もない》との一言に甘えさせてもらった。きっと今も、亀様が詰所までの道のりを誘導してくれてるのだろう。

　しかし、この人選……狙ったな。

　この三人には特に護身術を身に付けてもらった。可愛くて強いなんてオイシイわ～。なんかあったな、そんな映画。

　ルルーが来ると聞いて、マークがそわそわしてる。そんなに心配か。そんな姿を見て皆でニヤニヤする。

「マーク、狙ったらすぐ射止めないと手に入らなくなるぞ」

　騎馬の民らしい格言が出た。ザンドルさんもっと言ってやって！

「そうそう。今だって可愛いのに、これからも綺麗になるだろうからなぁ」

　バジアルさんも言ってやって！

「な、何の話です？　か、狩りの事ッスか？」

　真っ赤な顔でしらばっくれようとするマークに皆で笑いを堪える。それを不思議そうに見てる美兄妹。

「早く俺みたいに結婚して断らないと、どこにでも連れ回されるようになって、会う時間がもっと減るぞ」

「確かにルイスが言わなかったらカシーナの方がお嬢に付きっきりになったろうなぁ。離ればなれか」

「え!? や、ニックさん、何を……」

「いや、お前も留守番を任せるのに良くなってきたからな。ルルーは舞台でお前は領地、ほら、離ればなれだ」

「お嬢のことだから、どこまで足をのばすことになるかわからないッスもんね」

トエルさんの言うことに若干青い顔で納得するマーク。

どれだけ奔放なのよ、私。否定してよ。

「か、亀様に、頼んだりは……?」

「今だって充分過ぎる程に亀様には助けてもらっているんだ。お前が結婚を申し込むのが面倒がない」

「なぁマーク。何でそんなに頑(かたく)ななんだ?」

ニックさんの身も蓋もない言い方に、ルイスさんも別口から切り込む。

真っ赤なマーク。ルルーとの事ではいつも真っ赤。微笑ましい。

「……俺、成人はしたけどまだ半人前だし……お嬢はしっかりしてても、まだ小さいから二人でそばにいようって約束したんです……けど、ルルーは綺麗だし、どれだけ頑張ったところで、俺が隣にいるのはおかしいかもしれない、って思うと……」

「馬鹿ねぇ」

　マークが泣きそうな顔で私を見る。しようがないな〜。

「誰でも、それこそ新婚のルイスさんだって想いが通じあうまでは不安でしょうがなかったはずよ」

　ルイスさんの咳払いが聞こえる。

「だから、恋の応援をするときは当たって砕けろって言うの。想いを伝えるってそれだけの勇気が必要なのよ。だって心を全部持っていかれるのよ。何ものにも代えられない人なのよ。マークは、ルルーを他の男に見せたくないくらい好きなんでしょ？　あの娘の一番そばにいたいなら、半人前なんて言ってグズッてないでさっさと結婚の予約くらい取りつけなさい。あんたくらいの歳で一人前の男なんて存在しない！　だからその勇気をニックさんに剣技として鍛えてもらってんでしょ！　根性出せ！」

「……だめ、だったら……？」

「骨は拾ってあげるわ。そしたら立て直してまたぶつかるの。恋なんてね、一度振られたくらいじゃあ諦められないものよ。自信がないなら尚更、バッキバキに粉々になるまで、何度でも誰にも負けない想いを伝えるのよ！」

　おお〜！　拍手に応える私。恋人はいたことないけど片想い経験はあるぞ！

　バタン！　と詰所の玄関ドアが勢いよく開く。びっくりした、何!?

　振り向くとそこにはライラが立っていた。

　とても真剣な顔でこちらに来る。え？　何!?　私ライラに何かしたっけ??

「お嬢！　今の話良かった！　私の骨も拾ってね！」

え？　まさかライラ、マークのことを？　ええ!?

と混乱しているうちに、ライラはトエルさんの前に立った。

ぅええ～っ!?

「私……トエルさんが好き。私のことを妹みたいにしか思ってないって知ってるけど今から意識して。良い女になったと思ったら、私をトエルさんの恋人にして」

トエルさんの目が真ん丸になって、口が半開き。なんて残念な顔！

対するライラは頬を赤くしてちょっと俯く。ヤバイ！　超可愛い！　手がプルプルしてる！

「言っておくけど、片想い四年目だから。……告白、冗談じゃないからね！」

何この展開!?


その後、何食わぬ顔で迷子受け取りの書類にサインし終えたクラウスが、呆気にとられていたルーとインディから新品のリボンを受け取り、困惑する少年と妹ちゃんに現物と金額の確認を取り、代金は宿に届けて欲しいと一筆書いた紙をリボンと共に少年に渡し、妹ちゃんが付けていたリボンを受け取ったところで、

「じゃあ、お暇しましょうか。お世話になりました」

綺麗な礼をして、私たちを詰所から叩き出した。

容赦ない！

「皆がトエルさんをお調子者とか能天気っていうけど、私、お嬢が来る少し前に、彼のそういうところに助けられていたことに気付いたの。

朝に会うと、『また会えたから今日も頑張ろうかな』。夜に会うと、『明日も会えたらいいね』。

……会う人皆に言ってたから、皆と同じようにお調子者って思ってた。

そして、皆で痩せ細って力尽きていく中で、トエルさんのお母さんが亡くなったの。

その時は手があいていたから埋葬に参加したわ。知ってる人も知らない人も亡くなって埋葬するのに人手が必要だったから。行って初めてトエルさんのお母さんと知ったの。トエルさんは何も見てない様な目で手伝いに来た私たちに頭を下げたわ。

いつもの彼と全然違う姿に、直ぐにお母さんを追ってしまうんじゃないかって不安になった。埋葬が済んだお墓から動かないトエルさんに声を掛けたわ。腕を掴んだら、やっと私を見てくれたけど、いつもヘラヘラしてたのが嘘みたいに表情がなくて、衝撃だった。何も言えなくて、でも心配で離れることもできなかった。

そうしていたら、『……ああライラか、君に会えたから今日も頑張ろうかな……』って、そう言ってヘラッと笑ったの。トエルさんが笑ったのに私の方が泣いちゃって……フフ、すごい慌ててた。

辛いだけの日常を、彼は笑って過ごしてた。

私にはできなかった。

だから本当は、彼と会えるとホッとしてた。

ああ、好きだな、って、思ったの。

だけど、だからって何もできなくて。だって私だけが特別な事なんて何もないんだもん！　皆と一緒。一日会えなくても次の日にバッタリ会えば、さっきも会ったねみたいな感じで、やあって言われるだけなのよ！　完全に私の片想いよ！

皆で彼の事をバカにしてたから誰にも相談をしづらいし……死ぬ前には告白しようと思い詰めてたら、お嬢が来て、あれよあれよと忙しくなって、会えなくなって、やっと興行にトエルさんが参加したと思ったらリズさんとの恋人役をやっちゃうし、騎馬の民たちともすっかり仲良くなっちゃって楽しそうにしてるし、王都に来たら物凄い数の人がいるしで大混乱だったの……」

はい。ただいま宿にて女子会中です。女子は大人からチビまでいます。

ライラ、まだ混乱してるな〜。まあその原因に私も噛んでるようなので謝っておこう。

「なんか、ごめんねライラ。全然気付かないうちに思い詰めさせちゃったね」

「いえ！　私こそ八つ当たりです、すみません。領地が回復しなければ私たちに未来はなかったんですから。お嬢がいてくれて感謝してるのは伝わってますか……？」

「ぷ！　なんでそんなに不安げなの？　伝わってるわよ！　だから興行も協力してくれてるんでしょ？　嬉しいよ」

はにかむライラが可愛い！

でもすぐでっかいため息を吐いた。

「油断してたんです……領地でトエルさんの恋の噂なんて全くなかったし、興行もすぐ移動だったから、まともな出会いなんてなかったじゃないですか。だから、そのうち振り向いてもらえればいいかなって。でも、ここに常駐するようになったらこの人の多さです、トエルさんの良さに気付く女が出てきますよ！　もしくはトエルさんに好きな人ができちゃう！　……と思ったときに、お嬢の言葉が聞こえて……突撃しちゃいました……」

恋は盲目とはよく言ったもんだ。でも三年間の片想いか～。

ライラが十八才で、トエルさんが確か二十三才？　年齢差はおかしくない。

お調子者で通ってるトエルさんだけど、仕事はしっかりできるので結構頼っている。狩りに行けば大豚を一人で背負って帰ってくる程の力持ちだ。あの頼りない笑顔が株を下げているんだろうな～。子供らの面倒も率先してみてくれるので実は大人気。

ライラはライラで色んな事をやっている。私の侍女として、歌姫として、洗濯も掃除もしっかりしてるし、最近はお母さんたちにまざって料理もしている。カシーナさんの結婚を機に淑女教育に花嫁修行も加えられたので、今やトエルさんよりライラの方が忙しい。

なんとかしてあげたいなぁ。と思ったらドアがノックされた。

「あの、トエルですけど……ライラいます？」

ライラが声にならない悲鳴を上げ、落ち着くかと思って渡していた亀様を抱き潰していた。

「あーいるいる！　ちょっと待って！」

おおおおじょじょお嬢～！

口をそんな感じに動かして、私にすがりついてきた。

「付き添う？　出直してもらう？」

ううぅぅと涙目で唸るけど、美人はどんな顔しても可愛いな！

「あの、すぐ済むんで、出てこれませんか？」

すぐに済むと聞いてライラの顔色が青くなる。

私らも戸惑う。断りに来たの!?　ライラを振るの!?　うちの歌姫を!?

「よし！　表に出ろや！　トエルさん！」

「えええぇ!?　何でそうなるんスか!?」

ドアの向こうから狼狽えた声が。

ライラの手に力が入る。大丈夫？

「骨は拾って下さい……」

任せとけ！

そしてライラは自分でドアを開けた。ちょっと怯えたトエルさんが、私じゃなくライラが出たことにホッとした。

「……俺、ライラに求婚に来ました」

え？　皆でポカンとしてしまった。

「本当は俺、マークのこと笑えないんだ。どんどん綺麗になるライラに尻込みしてずっと言えないでいた。領地一頼りない男としてずっと黙ってようとも思った」

いつもの様に、にへらと笑う。

「ライラ、君がドロードラング領に来た時から可愛いと思ってた。君に話しかけるために皆と喋った。君も食べるならって狩りにも出た。……まあ、ライラに言わせたり頼りないままだとは思うけど、これから頑張るから、」

トエルさんの右手がライラの左手をとり、片膝をつく。女子がざわめいた。

「ライラ、君が好きだ。俺と結婚してください」

見つめ合う二人をガン見の私たち。

何この展開!!

「……その格好、誰の入れ知恵？」

「…………ニックさん」

「言葉も？」

「それは、誰も教えてくれなかったよ。……俺の気持ち、伝わったかな？」

にへらと笑う。緊張が切れる！

「……私、その顔、好きだわ。頼りないけど、頼もしい、毎日見た顔」

「そう？　毎日見てよ。俺も毎日ライラの顔を見たい」

「……後で、間違えたって言わない？」

「それはない。俺が言われるかもしれないけど」

「……私を、好き？」

「うん。大好き。これからもずっと」

「……抱きついても、いい？」

「いくらでも！」

って、トエルさんの方が早かった。

私はそっとドアを閉めた。

女子部屋の女子は皆キラキラしてた。

良かった。両想いっていいな～。

…………って、両想いになる瞬間て見てるこっちが恥ずかしいわ！

宿の応接室を借りました。
都会の宿にはそんな部屋があるのか！　そしてそんな部屋を私らが使うとは！
スイートの次くらいのレベルの調度品が置いてあるらしい。部屋はちょっと狭いけど、騎士団中央詰所にあったソファより遥かに高価そうな応接セットだ。落ち着かない……
なぜそんな部屋にいるかというと、リボンの代金を払いに昨日の少年が来たからだ。今度はもちろん従者付き。

泊まってる部屋か宿のカウンター前でと思ったら、従者から文句が出た。

あ〜、ハイハイ。

すまない……

うんざりした顔を隠さない私に少年が小さく口を動かす。

「こんな宿しか利用できない分際で代金を支払いに我らを来させるとは、お前たちは随分と立派な者なのだろうなぁ？」

ハイハイ。

「ご足労いただきまして誠にありがとうございます。こちらから伺うにはお屋敷の場所もわからぬ田舎者ですので、余計なご迷惑をお掛けしてしまうと思ったのでございます。申し訳ございませんでした」

クラウスが丁寧に深々と頭を下げる。

「ふん。アンドレイ様が強く望んだからお前たちはお会いすることができたのだ。無駄な勘違いは今後するなよ！」

ハイハイ。

「もちろんでございます。今後はこの様な事がないように心掛けましてございます」

「さ、アンドレイ様。いつまでもこの様な所に居てはなりません。穢れてしまいます」

ハイハイ。

そうして少年は、最初に「やあ、お嬢」と手を上げただけで、何を喋ることもなく、恥ずかしそうな泣きそうな悔しそうな顔をして帰って行った。

……五分もいたかしら？

「ごめんなさいクラウス、任せてしまって……あー、繕えなかったわ～」

両手で顔を覆ってしゃがむ。

せっかく来てくれたのに「おお、お兄ちゃん！」と言った途端、あの従者が前に出てきた。

こっちはなるべく名前を聞かないようにしていたのに、少年と妹ちゃんも昨日は気を遣っていたのに、あの野郎！　あっさり少年の名前を言いやがって馬鹿じゃないの!?　せっかく街でちょっと話しただけの顔見知り程度の仲を演出してたのに！　馬鹿じゃないのあの野郎!!

貴族の子供で「アンドレイ」という名前は現在、アーライル国の第三王子のみ。正妃の子は皇太子、一の側妃の子は皇太子と同学年の第二王子、二の側妃の子は姫が一人。三の側妃の子が第三王子であるお兄ちゃんと妹ちゃん。妹ちゃん以外は私より年上だ。

「いくら第三ったって、あんな従者を付けられて大丈夫なの？　可哀想過ぎる！　程度が低いとかの問題じゃないわ、もはや次元が違うわよ！」

「ああいう輩も必要な所ではあります。下々の者とは馴れ合わないという意識も必要なのです」

「は～～～……王子も大変ね」

「そうですね……さて部屋を出ましょう。宿の主人にもお礼を言わなくては」

「そうね」

部屋を出ると、壁にヤンさんが寄りかかっていた。

「護衛は外にだけでしたね。隣室にも屋根裏にもいませんでした」

はあ？　王子を連れてきておいてそんな警備配置!?　アイツ本当おかしいんじゃないの!?

「ちょっと不憫だったんで、亀様の了解をもらって彼にイヤーカフを渡しました。勝手してすみません」

ちょっと畏まるヤンさんに驚く私たち。あの煩い従者がいたのにどうやって渡したの!?

「手紙にくるんで手に握らせました。すれ違いざまでしたが、俺を覚えてくれていたようで黙って受け取ってくれましたよ。あの煩いのにバレてなければ連絡来るんじゃないですかね」

スリか!?　ヤンさんも何だかんだスペック高いわ～。

少年には特に用事もないし、貴族として付き合う気もない。

実を言えば彼はゲームでの攻略対象者だ。

将来は宰相として兄王子を支える位置に就く。第二王子は騎士団長になる。サレスティアとの接点はもちろん何もない。学年も彼ら王子兄弟の方が上だ。そして彼のルートの邪魔役は妹ちゃん。超ブラコン姫に育った妹ちゃんは同腹の兄王子が大好きで、それはもう病むほどだった。確か。

あ～あ、やっぱり王子だったか～。あんな美形なかなかいないとは思ったけど。

でもさ、せっかく知り合ったし、妹ちゃんがリボンをつけた様子を知りたいし、知り合いとして話をしたいな～。

あんな申し訳なさそうな顔と私の仏頂面で最後なんて、いくらなんでもあんまりだ。うちのリボンを褒めてくれたのに。

忙しそうな彼の気晴らしになればいい。

ヤンさんもそう思ったから、イヤーカフを渡したんだろうな。

玄関から宿の主人が入って来た。見送りお疲れさまです。あんなのを連れてきてしまいすみません！　この宿はとても綺麗です。従業員もとても丁寧です。うちらにはかなり贅沢なんです！　あの野郎はいつかぶっ飛ばします！

「お手数お掛けしてしまい申し訳ありませんでした」

私らが頭を下げると宿の主人は苦笑した。

「まったく、貴族とは大変だ。あれじゃあどっちが主人かわからんな。アンタらの方が大変だったろ。あのデカイ声だ、こっちまで聞こえてきてたわ」

四人でげっそりする。

「王都はあんな貴族ばかりなのかしら……」

「そりゃあ、ピンからキリまでいるぞ。好い人は良いんだがな～。もちろんアンドレイ王子は優秀って評判だ。こんな間近で見たのは初めてだったが、お小さいのにしっかりなさってる。お嬢ちゃんの元気の半分もあればあの従者を大人しくできるだろうになぁ」

「そんなに元気を分けたら、今度は王子としての評判が落ちますよ」

「ちょっとヤンさん！　どういうこと!?」

「ほら」

「き――っ！　私だってやればできるっての!!」

「常には無理でしょ」

「無理ね！」

　ぶわっはっはっは!!　宿の主人が遠慮なく笑う。

「初めて泊めたが旅芸人てのは面白いな！　どこかで営業できる算段はついたのかい？」

「さすがにパッと来たばかりの小さな田舎一座では劇場は借りられませんでした。聞くところによると大道芸広場がありましたので、そこで少しやってみようと思います」

　ああ！　あそこな。そうか暇ができたら見に行くよ。と言って、主人は仕事に戻って行った。お世話になります！

　さて、だいぶ気が削がれたから気晴らしに派手にやりたいな。広場の場所空いてるかしら？

　ついでに屋台状況も知りたいわ～。食べ歩き～！

　大きなリボンをつけて亀様を抱いて、歌姫ズの後ろを歩く。
　その後ろにはメイン護衛のトエルさん、ルイスさん。先頭はクラウス。ヤンさん、ダジルイさん、ザンドルさん、バジアルさんは人波に紛（まぎ）れての配置。ちびっこたちはカシーナさんと宿で留守番。

マークは別行動。

大道芸広場は早い者勝ちらしく、申し込みは必要ない。さてさて。


花びらが、ヒラヒラと舞う。

そのことに通行人が立ち止まる。広場にいる人々も気づく。

子供が、あそこも花びら！　と面白がっている。

そして、無造作に舞っていた花びらが、広場中央の噴水前にいる三人の少女のもとに集まって、その足下に花の絨毯を作った。

伸びやかな歌が始まる。

厳かな歌は綺麗な和音を奏で、人々の耳に届く。

緩やかな旋律が心地いい。

歌の抑揚に合わせて少女たちの手が動く。

その手の動く先に花が咲く。

おおぉ！　と歓声。

足下の花びらも花に変わる。

歌のフィニッシュに三人ともがサッと空に腕を伸ばした。

瞬間。

噴水の水が花に変わって、さらに勢いよく噴き上がり、広場中に花が降り注いだ。

わあああああ!!

歓声が起こる中、広場沿いの食堂から店の人が飛び出してきた。恰幅の良いおっちゃんだ。

「ちょっと、ちょっと！　困るよ！　すごかったけど、これ片付けてもらえるのかい!?」

「もちろんでございます」

クラウスがパチンと指を鳴らすと、全ての花が消えてなくなった。

「幻ですので」

呆気にとられるおっちゃん。そして、観客。

クラウスがにっこりお辞儀するのに合わせて、少女たちも同じように礼をした。

後から聞けば、広場開放以来の歓声だったとさ。よし！


その夜。

『おじょう?』

「わ、お兄ちゃん？　良かった、使い方すぐにわかった？」

『うん。ちゃんと書いてあったよ。今日はすまなかった。随分嫌な思いをしたろう？』

ちょっと声が震えてる。真面目だな～。

「いいよ。それを言ったら正体を知らないのをいいことに私たちの方は無礼だったじゃない。両成敗？」

『昨日僕たちは楽しかったんだ。両成敗は不公平だ。だから、ごめん』

「わかった。じゃあ謝るのはこれで終わりね！」

『良かった……ああ！　妹は今日からリボンをつけているよ。母上や侍女たちもとても綺麗な色だって言っていた。量産できるようになれば、いけるんじゃないか？』

「本当⁉　そういう情報スゴく助かる！　そっか～嬉しいな～。他の色も試しているから、いつかそれも見てね」

いや～夢が膨らむな～。

『そうだね……』

しゅんとした声音。うん？　あ、そうだ。

「ねえお兄ちゃん、頼みがあるんだけど。イヤーカフさ、そのまま持っててくれない？　一応うちの秘密道具だから誰にも内緒だけど。妹ちゃんは内緒の話はまだ難しい？　大丈夫そうならお兄ちゃん判断で教えてあげてね。そんでさ、たまにお話しようよ。この時間なら私は大丈夫だよ。どう？」

『え、……と、なんで……？』

「あの従者の愚痴を聞くわ。あんなのを愚痴らずに我慢してたらおかしくなっちゃうわよ！　もちろん話なんてなんでもいいよ、お兄ちゃんが困らない話題なら。庭の花が咲いたでも、好きな物が夕飯に出たでも。そして良ければ私に助言をして」

『助言？』

「さっきみたいに、リボンの色が評判良さそうとかさ」

『……』

……あれ、無言？　やっぱり面倒かな？　王子ともなると日常会話も気を遣わなきゃいけないか。

「もちろん、私を信用できないならこれっきりで構わないわよ」

『そうじゃない！　……僕は、友人がいないから、楽しくないかもと思って……君の助けになれないかもしれない……』

「お兄ちゃん、面白い面白くないはとりあえずお話してみないことには誰にもわからないわ。私だって昨日は楽しかったのよ！　そして私はいまだに淑女に程遠いって怒られてるような女よ」

『ぶっ』

「オイ。……ふふ。ね？　難しくないわ。じゃあ私が友人第一号ね！」

『一号……』

「そうよ。これから増えるんだから！　そうだ、記念に明日広場で花を咲かせるわ。街の方向を見る時間はある？」

『え？　花？　どうやって？』

「それは秘密！　ふっふっふ」

『あ、えっと、昼はずっと部屋で勉強しているし、昼食も自室だから街は見えるよ』

「よし！　じゃあ昼前にやるから楽しみにしててね！　そうと決まれば明日のためにもう寝るわ。おやすみ、お兄ちゃん！」

『うん。……ありがとう、お嬢……楽しみにしてる。じゃあ、おやすみ』

「明日感想聞かせてね」

『……うん、明日』

皆でベッドに入り、明かりを消そうかというタイミングだった。恋バナで盛り上がってしまい、私は就寝時間を大幅に過ぎていた。もう十時くらいかな？

彼はこの時間まで一人になれないのか。

支えるはずの従者はアレだし。

ルルーがお兄ちゃんと話すのに起きあがった私に肩掛けを掛けて、そのまま隣に座っていた。お兄ちゃんの声は聞こえなくても私の会話から察したのだろう。皆、神妙な顔をしていた。

「明日の演目が決まりましたね。巨大化は豆と花ですね！」

インディが楽しそうに言う。

ふっふっふ。そうね。やってやんよ！　ちゃんと見なよお兄ちゃん！

「よし！　寝よう！　おやすみ！」

「「「　おやすみなさーい　」」」

今日のメインのちびっこたちが、白をベースにした揃いの衣装に、男児はバンダナ、女児はリボ

ンをして、歌いながら手に持った小さい籠から花びらを撒く。元気な歌につられて観客も笑顔だ。

歌が終わると、子供たちは豆の種を取り出した。それぞれ足下に置く。ジッと見る。しゃがんで見る。お客も見る。

ポン。ポポポポン！

芽が出たと思ったらどんどんどんと伸びていく。子供の高さを通り越してもどんどんと伸びていく。

どんどんと伸びながら豆の蔓(つる)は太くなりながら絡まり大木のようになった。

有り得ないことを目の当たりにして観客は呆然としている。

その間も豆の大木は天に浮かぶ雲に届く程に育っている。もはや蔓の先は見えない。しかし、伸びが止まったようだ。

ポン。ポポポポン。ポポポポポポポポポポン。

今度は豆の花が咲いた。大木に合わせた大きな真っ白い花は蔓のあちこちに咲き、観客を楽しませる。花の間から何本か細い蔓が降りてきた。そして、一座の子供たちを絡めとり、そのまま引き上げてしまった。女性からは小さい悲鳴があがる。と、花が萎み始め、大きな豆の房が現れた。房はみるみる膨れ上がり、あっという間にはち切れんばかりになる。

ドクンドクンとリズムを打つ房に観客がざわめく。

パァン！

弾けた房から飛び出したのは、大きなしゃぼん玉。

ふわふわと、ゆるゆると漂うしゃぼん玉に、先ほど絡めとられた子供たちがそれぞれ入っていた。

子供たちのしゃぼん玉はゆっくり降りてきて、地上一メートルで割れると、子供たちは上手に着地をし、一列に並んでお辞儀をした。

大きな拍手が広場に響く。すると、まだ空中に漂っていた泡は、陽の光を受けて虹色に輝きながらゆっくりと大木を回りながら上昇していく。

いくつかが、大木にくっ付くと吸い込まれるように消えていく。

そこから花が咲いた。やはり考えられない程の大きな花だ。

大木から芽を出し、育ってそして花を咲かす。

また別な泡が吸い込まれると、今度は違う花が咲く。

そうしてどんどんとたくさんの色とりどりの花が空高くまで咲き、大きな花束の様になった。

『お嬢？』

「お兄ちゃん！　どう、見えた？」

『うん、見えた！　すごいな、こんな派手な花束見たことないよ！』

「ふっふっふ。お祝いは派手にしないとね！」

『ありがとう……嬉しいよ。お嬢たちが隣国で有名な旅芸人一座か。魔法を使うというのは本当だったんだ』

「え！　知ってたの？」

『有名だよ。すごい芸を披露するのにどこで舞台をするのか全くわからない、観られたらとても幸運だって、囲いこもうとしても捕まえられないって貴族の間で噂になってる』

「ははっ！　そうそう、上手く逃げてるよ」

『すごいな。あ、そうだ。大変な魔力の動きがあるって、今王宮で大騒ぎだよ。おかげで僕は部屋に一人だ。今から兵士が広場に行くかもしれない』

「うえ!?　面倒くさそうだから逃げる！　情報ありがと！　またね、お兄ちゃん」

『うん。またね、お嬢』

会話が終わると一座の皆がこちらを見てた。

「お疲れさま。急いで撤収よ！」

観客の誰もが花束を見上げてるうちにそっと宿に戻りました。

そして私らが宿に入った瞬間に幻は消えたとさ。

あ～、張りきり過ぎたーつかれたー、楽しかった～。

第四章　8才です。

一話　弟です。

……………また、一段と太ったわねぇ。

両親を前にしてそれしか思わない。

今は時期としては冬の終わりで、ぼちぼち色んな物が芽吹いてくる季節。

まあ、移動に楽な季節なので、年明けからはだいぶ経つのだけどやっと新年の挨拶に王都の屋敷に来た。私は子供なので遅れても良しという建前に乗っかった。

にしても、領地に引っ込んでから初めての王都は全てが面白い。もっと探索してから屋敷に来たかったな〜。

しかし、この趣味の悪い内装は誰が指示したんだろ？　友達呼べないわ〜。

「おおサレスティア、生きていたようで何よりだ。クラウスも久しぶりだな」

……うん。三年ぶりに会う娘に「生きていたようで」だ？

おかしいだろ。

「お父様もお母様もお変わりなくお元気そうで何よりです。領地の方はクラウスに手伝ってもらいながら滞りなく治めることができるようになりました。本日はその報告もお持ちしました」

クラウスが嘘っぱち帳簿を渡す。

「……ふうん。よくわからんが大した事はないな。土産はないし、まあとりあえず領地は好きにするといい」

はあ？

「あ、ありがとうございます。お母様も、そのようにしてもよろしいでしょうか？」

「ええ。私には関係のないことだもの。サレスティアの好きになさいな」

「……ありがとうございます。これからも邁進させていただきます」

……ああ、力が入らない。こんなに見ている物が違っていただろうか？

……ああ。私が変わったのか。

「ああそうだ。お前に弟ができたんだがさっぱり大きくならなくてな。領地に連れていってくれ。途中で死んでも構わない」

……え。

「…………承知しました。連れて行きます」

この人たちは何を考えているのだろう……私が理解できないだけなのか。

……理解、しなければ、いけないのか…………ああ、吐きそう……

「……では、これにて、失礼させていただきます」

「うむ」

ここの屋敷の侍従長がドアを開けてくれる。廊下に出た所で振り返った。両親は、こちらを見ていない。

ドアが閉まるまで、その姿を見ていた。

「お嬢様、クラウス様、お坊っちゃまの部屋へご案内致します」

ぼそりと侍従長が言い、それに付いていく。

二階の北の端にその部屋があった。

ドアを開けてもらい、中に入る。

部屋の唯一の家具のベッドには、ガリッガリに痩せた小さな小さな子供が横になっていた。目は開いているが、天井に向けられたまま。ベッドに触れる程近くに寄ってもこちらを意識しない。

「…………もう、どうしたらいいのかしら……」

なんだって、うちに関わる人は皆痩せているの？　なんで両親だけあんなに太っているの？　何で皆逃げ出さないの!?　どれだけの人が苦しんでいるの!?

ぁぁぁぁあ、腹が立つ。

「……こんな家、潰れてしまえばいいわ……」

そうよ！　学園卒業まで待つことないのよ！

よし。

「ねぇ！　ええと、あなたの名前を教えてちょうだい」

侍従長が目を見開く。

え？　何か変？　覚える気がなかったから本当に知らないんだけど。

クラウスが笑って教えてくれた。

「お嬢様、普通は侍従たちには〝お願い〟はしないのです。全て命令です」

「ああそうか、そうだったわね。私には関係ないわ。っていうか、今さら私の命令で動く人なんているの？」

「おりますとも」

「……その言い切り方が嘘くさいのよ。まあいいけど。で？　あなたの名前を教えて。私はサレスティア・ドロードラングよ」

呆然としていた侍従長が再びの質問に狼狽える。それでも覇気のない声で答えてくれた。

「はい。クインと申します」

「クインさんね。家名を名乗らないということはあなたも奴隷商から来たの？」

「はい。そうでございます。旦那様と奥様以外、屋敷にいる者は皆奴隷です」

「そう……ありがとう。この子の名前は？」

「サリオン様です」

「サリオンか〜。ふんふん、良い名前じゃん。歳は？」

「三才になられました」

「……三才……こんなに小さいのに……そっか、生命力が強いのね〜。やるわねサリオン」

ベッドのそばに立ち、サリオンの頬に手を伸ばす。

小さなベッドなので楽に届いた。

「サリオン、初めまして。お姉ちゃんのサレスティアよ。これからは私と暮らすことになったのよ。仲良くしようね」

何も動かない。

頬に当てていた手を全身にかざす。

うん、衰弱だけね。

おでこにキスをした。お姉ちゃん頑張るよと気合いを込めて。

弟のちっちゃな手をとり、振り返る。

「クラウス、私、気合いが入ったわ」

クラウスがにっこり微笑む。

「クインさん。ドロードラング家がなくなってもあなたたちの家はあるから。引っ越せるまでもう少し辛抱してちょうだい」

クインさんがまた目を見開く。

「何時とは断言できないけど、それまで生きて。その後は、好きに生きて」

クインさんの疲れきった形だけの笑顔が、希望のない日々を想像させる。

今は動けない。

絶対、ぐうの音も出ないほど、けちょんけちょんにしてやる！　何かを！

「お嬢、今いいッスか?」

天井からヤンさんとダジルイさん、バジアルさんが降りてきた。クインさんは驚いて声も出ない。

「何がわかった?」

「警備は全くいません。侍従、侍女っぽいのだけですね～」

「洗濯場では盥が持てなくて難儀してました。シーツを干すだけで息が切れていましたよ」

「調理場は肉が大量にありましたけど料理人も痩せてました。聞き耳立ててましたら、腐りかけなら従業員にも肉がふるまわれるそうです」

はあ?

クインさんを見ると、彼は戸惑いながらも頷いた。そして驚きの事実を知る。

「私たちの一日の食事は朝一回で、生卵が一つとクズ野菜と旦那様と奥様の前日の残り物です。私たちの為に調理場の火を使うことを許されてませんので、下げ渡された肉は調理中の隙をみて焼きます……」

倒れるかと思った。

すかさずヤンさんが後ろから支えてくれる。……ん?

「……ちょっと、これ、羽交い締めじゃないの?」

「え?　暴れだすかと思いまして」

これだよ。ヤンさんの態度にクインさんの目がこれでもかと開いた。

「暴れてもいいと思うけど!　私は穏やかに事を進める気で来たのよ!　それが!」

「はいはい。お嬢は普段賑やかなだけなのに怒りの頂点に達するまでが早いんですよ」

「それに、今暴れたりしたらカシーナさんがそれこそ飛んできますよ？」

ダジルイさんの言葉で冷えた。

「おぉ～。カシーナさんはスゲエな～」

バジアルさんが笑う。

あんたね、彼女の怒りを浴びてごらんよ！　笑ってられないからね!?　時代錯誤な体育教師の竹刀なんて目じゃないからね!?　教育ママより怖いのよ!?

内緒にしててちょうだぃぃ!!

「とにかくクインさん。食事はこっちでどうにかする。他に困っていることはない？　まあ、たくさんあるとは思うけど」

「い、いいえ、いいえ、とんでもございません。今のままで結構でございます」

「そんな腹に力の入ってない声で言ったたって説得力ないわ」

「服も替えましょう。皆さん背格好が似ているので、クインさんと侍女の誰かの寸法を測ればいいでしょう」

「ダジルイさんが言うならそうね。任せるわ。後は？」

「今必要な物はそれでいいと思います。他の物は折を見てその都度準備しましょう」

クラウスが締めた。異議なし。

「父や母に忠誠心を持っているのなら、渡した物を後で捨ててもいいわ」

おろおろしていたクインさんに一言かける。

「もったいないから誰かにあげてくれるといいけど、あなたが決めていいんだからね」

クインさんの目が潤む。

「それから、弟のお世話をしてくれて、ありがとう」


母は妊娠に気付かず便秘だと思っていたらしい。あまりの痛みに医者を呼んだら赤ん坊を産み落とした。

男の子だったから後継ぎだと喜んだ。領地にやった娘はもう使い物にならないだろうから。

しかし、やたらと泣く赤ん坊に早々に嫌気がさし育児放棄。娘の時はいた乳母は今回ケチって雇うこともしなかった為、母親の役目をする者もいない。

泣き声が煩いと、屋敷の外れの部屋に移した。

なんとか従業員で世話をしたが、元々子育てなどしたこともなければ、赤ん坊に触れた経験もなく、大人が世話をする姿を見たこともない。小さい体が怖くて抱き上げることもできなかった。

そんな中母は、可愛くないからもう知らない、要らない、と言い切った。

乳をあげることもできず、小麦粉を溶いたものや、主人夫妻の為の新鮮な牛の乳を少量くすねて飲ませたりした。パンを溶かして食べさせられるようになったら泣くこともなくなった。

侍従や侍女の入れ替わりが激しく、サリオンが生まれてからずっと残っているのはクインさんだけ。人数がジリジリ減っていき、その為に仕事量は増え、サリオンの様子を見られない日もあった。

だんだんと痩せていくサリオンに何ができるでもなく、それでも、口に入れたものは飲み込んでくれたのでそう続けてきた。

そうして今日、私たちが来た。

跪いて静かに泣くクインさんを抱きしめる。正座した私の膝の上に彼の頭を乗せ、すみませんと何度も言う背中をさする。なんて細い背中。

「ありがとうクインさん。そして皆。あなたたちがいたから、サリオンは今、生きている。ありがとう」

これは怒りなのか呆れなのか、両親に対してなのか自分に対してなのか。

沸き上がる感情をもて余しながら、クインさんを抱きしめる。

ふと。

大きな手が右肩に触れる。……クラウス。

ちょっと強めに左の肩に触れる。……バジアルさん。

優しく背中を擦る。……ダジルイさん。

頭をグリグリと撫でる。……ヤンさん。

ああ、なんて心強いのか。

そうだ。私には、助けてくれる人がいる。たくさんいる。

私は恵まれている。

うん。

「手を、借りるわ」

「「「　仰せのままに　」」」

恭しくも不敵に笑うところが頼もしい。

「お嬢が一番悪い顔して笑いますよね～」

「ガハハ！　確かに」

……ヤン！　バジアル！　領地に帰ったらジェットコースターの刑にしてやる!!

二話　友情です。

ドロードラング領の屋敷には赤ちゃん部屋がある。日中、親同士で何人かずつ入れ替わりで赤ちゃんの面倒をみている。

現在、乳児〜二才児まで合わせて十人程度。

その中にサリオンも参加。赤ちゃんの誰よりもじっとしている。

その姿を見た誰もが言う。

「おぉ〜、静かなお嬢がいる」

ぅおい‼

似てるけど！　どこから見ても私とサリオンはそっくりだけど、「静かな」ってなんだ⁉　異議あり！

両親の屋敷を出て宿に着くまで、サリオンはクラウスが抱っこした。乳母車なんて物はない。一応、二人で屋敷を訪ねた事になっているので、ヤンさんたちは付かず離れずの距離を保つ。

宿に着いてからシーツに包まれた小さなサリオンを抱っこしてみた。余裕で抱っこできた事に嬉しいやら切ないやら微妙な気持ちに。

サリオンの事を皆に説明し、すぐに領地に帰る準備をした。領地にいるハンクさんには連絡済みなので、今ごろクインさんたちのお弁当を作ってくれてるだろう。

あんまり観光できなくてごめんなさいと謝ると、皆は色々楽しかったと言ってくれた。……うん、今度はゆっくり観光しようね。

マークとニックさん、ザンドルさん、バジアルさんは居残り。

三人にはマークの手伝いをしてもらう。

スラムにはマークの友達がまだ何人か残っていた。どうにか日銭を稼いでいた人もいたけど、大抵は日常的に軽犯罪をおかしていた。そしてそのほとんどが薄汚れて痩せこけていた。

もう！　やっぱり腹が立って無理やり一人ずつ抱きしめてきた。

ついでに診察。病気なし！　真っ黒になった自分の服に可笑(おか)しくなって笑った。

それから役所に行き、スラムの子供たちをうちの一座で引き取りたいがどんな手続きが必要かと聞いたら、住民登録されてない連中なので好きに連れていって構わないと言われた。どうせ犯罪者になるか奴隷商に連れて行かれる。芸人になるのがまだいいだろうと、窓口のおじさんはため息をつきながら言った。

「おたくら昼間に広場で大騒ぎになった一座だろう？　たまたま広場を通ってな、座長さんを覚えているよ。芸をしてた子供が自然とよく笑っていたから、おたくの一座は働くには良い所だと思う。スラムの子供たちは教会の保護からもあぶれた子たちでね、国から保護の為の予算なんか出たこともない。情けない話、治安の意味でも連れていってもらえると助かる。その代わりと言っちゃあ何だが、」

え、交換条件？

「おたくらがここに来たこと、兵士や貴族には黙っておく」

一応、クラウスが座長として窓口のおじさんとやり取りしてるのだけど、ちらりと私を見たので頷く。

「……それは、スラムの子への同情ですか？　私たちへの打算ですか？」

おじさんは、眉尻を下げて口元だけニヤリとした。

「両方だ。俺ではあいつらの面倒を見きれない」

ということで、あっさりとマークの実家連中は全員引き取ることができた。

最後に「ありがとう、頼んだ」と言ったおじさんが印象的で……いい人に当たったたかな。

総勢五十人の孤児たちは生意気盛りで、とりあえず大人の男に世話を任す。動けない様にす巻きにされてる子もいた。いやいや元気で何より！　これからが楽しみだね～。

とりあえず風呂だ風呂！

そんなこんなで孤児プラス世話人は置いといて、まずは一座として王都を出る。

リボンをつけた子供たちの印象しかなかったようで、王都関所をあっさりと出られた。人数確認も雑。助かる～。

主要街道に出て、人目のない隙に亀様の力で領地へ移動。

サリオンを部屋に連れていき、お母さんたちにお願いする。その後、ハンクさんたちに準備してもらってた弁当（とりあえず、豚バーガー、野菜スープ、干した果物）を持って、両親は近寄らないと聞いていた王都屋敷の調理場へ移動。クインさんはいなかったけど話は通っていたようで、料理長が頭を下げて弁当を受け取ってくれた。

よく噛んで食べるように念を押して、スープカップも洗わずに保管箱に入れるように言って（料理人として片付けをしたいようだけど両親にバレるから駄目と押しきった）、次はスラムへ。

……まあ、そのまま移動するけど。

移動してみたら子供たちのあまりの汚さに物言いがついた。

「風呂の前に川で汚れを落として来な!!」

まだ春先だから勘弁してあげて～！

川の水温はまだ低いので、水魔法で大きな水玉を空中に出し、その中に子供たちを放る。

お湯というにはぬるいけど、服ごと靴ごと、巨大な洗濯機のように水玉の中で流れのままに子供たちが動く。亀様に頼んだので水中でも息はできる。

一人当たり十秒程度すすがれて、ペイっと出される。

それを風魔法でさらっと乾かす。濡れたままだと服が脱げないからね。乾かされた子供からお母さんと侍女たちに風呂場に連れて行かれる。よろしく～。

左手で水玉を攪拌（かくはん）、右手でドライヤー。ニックさんが水玉に子供らを放り上げ、乾いた子供をバジアルさんが受け取ってお母さんに渡すという流れ作業。

十人も洗うと水玉が真っ黒に濁ったので、水温を下げて種蒔き前の畑にその泥水を撒く。新しい水玉を出して次の十人を放る。そうやってついでに畑に水を撒きながら、子供らの下洗いを済ませた頃には風呂場から悲鳴が聞こえてきた。

……お年頃がお母さんに服を脱がされるのを嫌がっているんだろうけど、無理無理勝てないよ！

うちの子たちも大騒ぎでタオルを運んだり、服や下着を運んだり、靴は足りないので余り布で作っていたスリッパを持っていく。急遽作った雑魚寝部屋のシーツを換えたり、出来上がった料理をテーブルに運んだりと賑やかに手伝っている。

しばらくの間はスラムメンバーは男女一緒に一部屋に押し込むことに。

部屋数がギリギリなのと、急に仲間を引き離すのも良くないって理由から。

だいたい、いくらマークがいるとしても知らない場所で知らない人間に囲まれたら不安だろう。今だって風呂でガツガツ洗われて怖がっているだろうし。……慣れないと疲れるしね。

案の定、目は開いてるけど意識のないまま、こざっぱりとした子供たちが広間へ運ばれて来る。荷物か。

女の子たちは髪に櫛を入れられ、試作中のリボンの髪飾りを付けている。おお可愛いな。

運ばれた食事の匂いで覚醒すると、途端に料理をロックオン。

スラムメンバーのメニューはハンバーガー、野菜スープでデザートはプリン。食べ方をざっくり教えて、お代わりあるからと声掛けする。愕然としたスラム年長組を気にせずスラム年少組は即食べ始めた。

いやぁ、むせることとむせること。誰も取らないって。

スープをぬるめにしてくれた料理人に感謝！　それでも年長組はちびっこたちの世話をしながら食事をとる。

お代わりをしたのは男の子が二、三人だけ。皆、胃が小さくなってるのだろう。Mの模様の世界展開のバーガー屋のSサイズセットでお腹一杯だなんて……食べさせ過ぎたかな？　チムリさんに胃腸薬を用意してもらっとこ。当分はこの子らの食事は気をつけなきゃ。

ハンクさんもスラムメンバーがもっと食べると見込んでたようで、うちらの夕飯もハンバーガーになった。

イエ〜！　手摑みご飯〜！

「今日からここがあなたたちの部屋よ。トイレと調理場の場所は覚えた？　マークは隣の男部屋にいるからわからない事は聞きに行ってね。とりあえず今夜はゆっくり寝てちょうだい。明日から少しずつ説明するから」

何人かはもうイビキをかいてる。お疲れさん。

それでも年長組はまだ私を観察してる。女子が一人、意を決したように発言。

「あの、あなたは、魔法使いなんですか？」

「そうよ。まだぺーぺーだけどね」

「だから、私たちは連れてこられたんですか？」

「ん？　どういう意味？」

「……孤児は、魔法の実験に丁度いいと、聞いた事があるので……」

……ほんっと、どこの外道がそういう事を言うのか……

「お嬢、顔が怖いって。まあスラムってそういう所なんですよ。一応、働き手として来て欲しいと説明はしたんですけど、俺らの日常じゃ想像できないんです。犯罪が当たり前ですから」

私の知らない世界だ。

でも。

「あなたたちには畑を耕す事から手伝ってもらう予定よ。ご飯は一日三食。風呂は毎日入ること。服も靴もサイズの合ったものをあげる。スラムが懐かしくなるくらいこき使うから、ご飯はしっかり食べなさい。じゃあマーク、頼むわね」

「了解です」

おやすみなさいと言って部屋を出る。

扉を閉めてため息を一つ。

《我にできる事は？》

背負った亀様に首を横に振る。

「ありがとう亀様。充分過ぎる程に力を借りてるわ。もう背負ってなければ落ち着かないくらいに頼っているのよ」

《ほんの少しだ》

「ふふ、そんな優しい事を言うと、もっとお願いしちゃうわよ？」
《構わない。乙女というのは欲張りなのだろう？》
噴いた。
亀様が！「乙女」って！
……ありがとう。
「……亀様には引き続き、領民と領地の守りをお願いするわ。騎馬の民も。あとお兄ちゃんとクインさんたちも。これからも増えるわよ？」
《任せろ。大陸中でもやれるぞ》
「おお～！　頼もしい！　その時はお願いします」
《うむ》
さて、今夜はサリオンと一緒に寝ようっと！
赤ちゃん部屋に向かったら、亀様がとんでもない事を言った。
《サリオンだが、何かに憑かれている様だ》
はあ!?

ノックをして扉をそっと開けると、ナタリーさんが赤ちゃんを寝かしつけていた。すぐそばには

サリオンが寝てる。

「今夜はお嬢様がサリオン様と寝られますか？」

「そう思って来たのだけど良いかしら？　嫌がるなら離れるけど」

寝ついた赤ちゃんを起こさないように、お互い囁き声でやり取りする。

「良いも嫌も……本当に全く泣きませんでした。一応、時間を見て、パンがゆを召し上がっていただきましたが、おしめが濡れていてもピクリともしませんでした」

「そう……見ててくれてありがとう」

「とんでもございません。首は据わっているようですから、明日からおんぶして散歩に行こうかと皆で話し合っていました。よろしいでしょうか？」

「じゃあ私がおんぶしちゃ駄目かな？　疲れたらすぐに降ろすから」

「サリオン様をおんぶして、亀様を抱っこするのですか？　フフ、可愛いですね」

あー、亀様には飛んでもらおうかしら。

疲れたらすぐ降ろすのを条件に、日中は私がサリオンをおんぶすることに。

コンコン。

やっぱり控えめなノック音。扉を開けたのはラージスさん。奥さんのナタリーさんと子供を迎えに来たようだ。

この夫婦も新婚棟に入居してもらった。希望する夫婦に住んでもらって、使い勝手の改善点を知りたくなったのだ。住めば都とは言うけれど、良いものを作っていきたい私と親方たちの意見が一致した結果の措置。今のとこ特に不便はなさそう。

子供部屋なんてないのが当たり前の世界で、十五才で自立し始めるために広い家なんてのは殆んどない。子供部屋があるのは貴族や豪商くらいだそうだ。

アパートタイプで丁度良いのかもしれない。

「ははっ、寝顔がそっくりですね」

囁き声でラージスさんがサリオンを覗きこんで言う。

「お嬢様の小さい頃を思い出します」

ナタリーさんは私が産まれた頃から屋敷にいたんだっけ。彼女は地元出身の侍女だ。

「じゃあお嬢、また明日。潰さないように大人しく寝て下さいね」

「寝てるときの大人しさには自信があるわ」

トエルさんにさえそう言われたからね！

肩を震わせながら我が子を抱っこしておやすみなさいと出ていくラージスさんとナタリーさん。

明日もよろしく。


サリオンを挟んで亀様とベッドに並ぶ。

寝顔を見る。可愛い。

「何に憑かれているかわかる？」

《力が小さくてよく解らん。嫌な感じはないから、悪いものではないだろう》

あれ、もしや、私のような感じかしら？　生まれ変わり的な？
「ねえ、私と似てる？」
上手く説明できずに漠然とした質問になってしまった。
《兄弟なのだろう？　血の繋がりはわかるぞ》
「うん、まあ、そうなんだけど……」
《どちらかと言うなら、憑いているものは我よりだな》
え。ってことは？　え？
「体はサリオンだけど、中身は魔物ってこと？」
《いや、二種の気配がある》
ん？　どういうこと？
《例えば、魔力枯渇を起こして存在が極小さくなってしまった魔物が、生きることに気力のないサリオンの体を借りて、自分の魔力の回復を待っている。魔物が人に取り憑くのには、人がそう望んだか、そういう隙をつくかしなければならない。無理に合わせると異様になってしまう。赤子とは、どんな生き物でも守られる者だ。たまたま近くに居たサリオンに入ったのだろうな》
「じゃあ、その魔物がサリオンから離れれば、サリオンは普通に育つ？」
《それはわからん。今のところ、サリオンという存在も微弱だからな》
「亀様の魔力を流せば、早く魔物は回復する？」
《そうかもしれない。随分と小さなものだからお前の時より微弱にしなければならないだろう。時

間がかかるぞ》

「……お願いします。何でも頼んでしまってごめんなさい」

《かまわない。我のできる事だ。任せろ》

起き上がり、亀様をぎゅっと抱きしめる。

ありがとう。

形を整えて、またサリオンの隣に並べる。

サリオンにおやすみのキスをして、私の手にサリオンの手を乗せる。

「おやすみなさい、亀様、サリオン」

《うむ。おやすみ》

それから私の背には亀様に代わりサリオンが。亀様はキーホルダーサイズになって、サリオンの背中にあたるおんぶ紐に固定。ちょいちょい潰してはゴメンと騒ぐのを繰り返す。ぬいぐるみ亀様はちびっこたちの背中を転々としている。
私が背負うのが一番長いけれど、サリオンもたくさんの人に代わるがわる背負われた。誰彼構わず子供を抱きしめるのはスラムの子たちにも適用された。お母さんやお姉さんに抱きしめられるのは照れくさくても大人しくしているが、オッサンたちにやられると悲鳴が響くのにはびっくりした。

急遽、オッサンたちは求められたら抱き上げる、それまでは頭なでなでまで！　となった。やはりまだ力のある大人の男が特に恐ろしいらしい。こっちに移動直後まではそれどころじゃなかったってことか。むぅ、要課題である。

そんなでも男子たちは体を鍛えることに興味津々だった。うん、思う存分やらせるよ。まずは飯を規定量は食べること。ドロードラング規定ね。

女子はやっぱり刺繡に興味を示す子が多かった。機織りや染織も真剣に見てたな。

朝食の野菜お粥を食べ、避難用のホバー荷車（車輪がなくても荷車って、笑）に子供たちを乗せ、今日は領地見学。

マーク、ニックさん、トエルさん、ザンドルさん、バジアルさんがお供です。

畑、田んぼ、牛小屋、鶏小屋、騎馬の民の馬に羊。木材や鉄鋼等々の資材置場。溜め池、水路の説明。規模の大きくなった大蜘蛛飼育場ではやっぱり悲鳴。

森の際を移動中に大豚が現れ、ニックさんとマークがボコボコにやっつけた。私が魔法を使おうとする間もなく終わってしまった。食材ゲット〜！　その後もなぜか大イノシシが出て、魔法を使う隙もなく大人たちがやっつけた。今度はさすがに五人がかりだったけど、あっと言う間に終わった。

……私、棍棒に強化の魔法を掛けてたかしら？　蹴りとか、漫画みたいな威力がありそうだけど？　……うちの戦闘職はどの程度のスペックなのか調べた方がいい？　しない方がいい？　魔物狩りでだいぶ慣れたってこと？　……うむ！　魔物狩りに特化されたということでスルー！

なんか子供たちの大人たちを見る目が少しキラキラしてるようだけど、わざとじゃないでしょうね？　変な宗教は作らないでよ。

そして真打ち登場！　うちの亀様本体です！　ジャジャーン!!

《よく来た》

子供たちは全員気絶した。

……あれ？

「……まあ、普通の反応ですよ？」

「……こうしてみると、領地(うち)の子供たちも大概なんだな～」

「我らが騎馬の国の子供らも、遊ばせてもらってから慣れた」

「大蜘蛛も大豚も大イノシシも、よく気絶しなかったと思った」

《まあ、予想はしていた》

あれ？　これから亀様すべりをしようと、ソリも準備してたのに。その後にジェットコースターに乗る予定だったのに。

「今日は無理ッスね」

《我を見て向かって来たのはサレスティアだけだ。何でもお前基準で考えるな》

皆がしみじみと頷く。

あれぇ？　……あれぇ??

『お嬢？　今いい？』

「お兄ちゃん！　こんばんは！　一週間ぶりね！　元気してた？」

『こんばんは。僕も妹も元気だよ。君も元気そうだね』

「おかげさまで～！　最近子供たちを引き取ったから賑やかなんだー」

『あ。王都のスラムの一つがなくなったのは、君が関わっていたのか』

「あ。バレた」

　こんな直ぐに関連付けるとは。うっかり「バレた」なんて言っちゃったよ。まあいいか、お兄ちゃんだし。ちょっと笑ってるし。

『関所を出た形跡がないから少しだけ話題にあがって、分散したのだろうって結論になっていたよ。どうやって連れ出したの？』

「もちろんうちの大魔法使いに頼んだのよ。花束と違って今度は魔力感知に引っ掛からなかったでしょ？」

　笑いながら種明かしをしたけど、お兄ちゃんは笑いながら聞いてるから嘘だと思っているんだろうな。君の大魔法使いは凄いね、なんて言ってるし。実際見たら何て言うかな？　お兄ちゃんも気絶するかな？　びっくりはするよね、きっと！

『王都のスラムはいつも問題に上がるのだけどいつも解決案が出ないんだ。予算がないって聞くけれど、国の収支がどういう予算を組んでいるのか、おおよそしか僕にはわからない』

納税はきちんとされているらしいから、支出はどうにかならないのか。今は戦時でもないしその分余裕があると思うのだけど。

お兄ちゃんはそう言うが、戦時じゃなくてもいざというときの為の予算は取っておくものよ。無駄にしか思えないし、賄賂や着服されたり問題もあるけど、流行り病なんかに備えないとね。

「スラムの人は住民登録されてないから予算が出ないって聞いたよ。いないはずの人には税金を使えないって。教会だってお布施は教会の取り分だし、孤児の分はほぼ寄付金で賄っているんでしょ？　それに、教会に行けばタダで面倒を見てもらえると思われても困るわ。一所懸命働いてる人のやる気がなくなっちゃうもの」

『そうだね。ただ保護するだけじゃなくて、その後の生活も支えなきゃいけない。……予算だけで莫大になる』

あれもこれもと出てくるからお金なんて足りなくなる。

ほんと経営って難しい。私には辺境田舎領地でいっぱいいっぱいだわー。

「お兄ちゃん、考えることは大事だけど固定観念に囚われることは危ないわ。特にお兄ちゃんは王族だから決断が難しいことが多いでしょ。迷ったら誰かに聞いてよ？」

『うん。だから今お嬢に聞いているよ。……国の中枢にいたとしてもできることなんて限られているのがもどかしいよ』

「そうね、国の端っこにいても同じ様に思ってるわ」

『お嬢は助けたじゃないか』

「全てじゃないわ、ごく一部よ。それに、領地が人手不足じゃなければ連れ出したりしなかった」

『ふぅ……難しいね』

「……難しい。でも、なるべく引き取る気でいるわ。お兄ちゃんには期待外れになるかもだけど」

『お嬢は頼もしい』

そう在りたいけれど、皆がいるから頼もしげに見えるのよ。私自身は張りぼてよ、悔しいわ。

『あ！　そうだ。こっちが本題なんだった』

お兄ちゃんが慌てて話題を変える。何だ？

『妹がね、誕生会にお嬢を招きたいって言うんだ。誘ってもいいかな？』

頭を殴られたかと思った。

実はまだお兄ちゃんには私の素性を明かしていない。彼の中で私らは旅芸人のままだ。王族に招待を受けるなんてとてつもない名誉だ。断る理由がない。

だけど私はドロードラングだ。

現在も調べてもらっているが、我が家は、ま〜！　悪い話しか出てこない。評判が悪いを通り越して、奴隷王みたいに言われている。

それなのに領地が貧乏なままなのはなぜか？　そしてそれでも即お縄にならないのはなぜか？

叩いてホコリどころか、そのまま袋に詰めて燃えるゴミに出すしかないくらいな家になってた。

まあ、後始末の為にゴミの分別はするけど。

クインさんという伝もできたことで着々と証拠を確保してる。

『……難しい？　それとも嫌？』

芸人とは基本、下層の人間だ。貴族に気に入られて芸を誉められても、その生まれ育ちを蔑まれる事が多い。貴族に囲われたとしてもあまり変わらない。仲良く付き合っているところは少ない。

それもあってお兄ちゃんは難しい？　と聞いてくれてるのだろう。それに「嫌？」と聞いてきたということは、私が王都に近づきたくないと思ったのだろう。ということは、

「お兄ちゃん、私らのこと、調べた……？」

『……あの宿に問い合わせた。中央の詰所にも。旅芸人としかわからなかったけど。でも、君がどこかの令嬢なのは話の中に出たし、君の従者たちの対応でわかっていた。それにギルドや商家ならあのリボンを使ってどんどん売り込んできたはずだ。本当に、お茶会で皆が妹に注目するくらいに素敵な物なんだよ？』

商売に貪欲でない商家なんて田舎者だろうとも有り得ない。他に目的があるはず。でもそんなこと見当もつかない。僕を取り込みたかったかとも思ったけども、あれから何もない。夜に少しだけ話をするだけだ。国内と見当をつけて同じ年頃の女の子のいる貴族を調べた。結構な人数がいたけど、確認できなかったのは一人だけ。

『確認できなかった令嬢と君を繋げて考えていいかは、正直今でも迷っている。……でも、僕は君と友人だ。君を知りたい。名前を、教えてもらえないか？』

別に、ここでお兄ちゃんと縁が切れても私に損はない。短い付き合いだけど、私の素性を知って

も騙していたのかと罰したりはしないという信頼はある。

ただの知り合いで、ギリギリ友達だという曖昧な関係でいいと思っていた。だって私は奴隷王の娘で、お兄ちゃんは王子なのだ。身分どころか、存在に開きがありすぎる。

でも。

「僕は君と友人だ」なんて言われちゃあ、腹をくくりますかね！

「では改めまして。私はサレスティア・ドロードラング。ドロードラング男爵の娘でございます」

お兄ちゃんの息を呑む音が聞こえた。しばしの間があく。

『僕は、アンドレイ・アーライル。アーライル国第三王子だ。……そうか、やっぱり、ドロードラング男爵令嬢か……正体がわかってすっきりした』

これで終わりか……

お兄ちゃんにちゃんと友達ができるといいな～……

『それでさっきの話なんだけど、誕生会の招待状を送っていいかい？』

「はあ!?」

『え？　何で驚くの？』

「驚かずにいられるかーっ！　え!?　結構重要な事実だったと思うけど？　無視!?」

『今の僕の最重要事項は、妹が焦がれてやまない謎の旅芸人をどうやって妹の誕生会に間に合うように招待するかだ。奴隷王が何だ。グズッた妹を宥める方がよっぽど大変だ！』

「甘やかし！」

『妹の可愛さは国一番と評判だ！』

「確かに！」

『そうやって皆がチヤホヤするから我儘なんだ。お嬢に会ったときのあの大人しさはまやかしだよ』

衝撃の事実!!

『あの距離感は僕も初めてだったけれど、妹も心地好かったみたいなんだ。お嬢たちと会えて本当に楽しかったんだ。僕と二人きりになると、またいつかお嬢たちに会いたいねって言っている。すぐにバレそうだからこの通信機のことはまだ内緒にしているんだ。話せるとわかったら、きっと会いたいってずっとグズることになる。面倒だ』

お、おおおお何だ？　私の方が混乱してきた！　優しい兄かと思ってたら普通の兄だった！　あれ？　招待されるのはいいけど、何か面倒が増えたんじゃない？　あれ～!?

『とにかく、僕はお嬢を支持する。この誕生会を巧く使って。君にとって悪くないと思う』

ハッとした。

『こんなことしかできないけれど、あの花束に少しでも報いたい。友人一号だからね。友達は大事にするよ』

「……ありがとう、お兄ちゃん。絶対、誕生会に行く」

朗らかに言うお兄ちゃんに泣きそうになる。

まだお互い子供だから、深い意味はそれほどないかもしれない。

それでも、だからこそ、いっぱいいっぱい考えてくれたのだろう。

九才のくせに男前だな！

招待状は領地の方に送ってもらうことにした。開催日は半年後。

それまでにすること、できること、できなかった場合のこと、たくさん会議で話し合う。

もちろん日課も欠かさない。

スラムの子たちはさすが子供というか、一月もするとほぼ大人と同じ分量を食べるようになって、肉付きも良くなってきた。体を動かしても息切れしなくなったし、農作業も頑張っている。

一応様子を見てるけど、眠りも深くなって、作業で疲れても一晩でケロッと起きてくるようになった。自分たちの部屋の整理もするようになった。驚きの成長だ。

す巻きにされていたのにね～、なんて笑って言うお母さんたちは、実はとても喜んでいる。肩車をできるようになって喜んでいるのは、子供たちよりオッサンたちの方だし。

まあ、年相応にはヤンチャなのでお仕置きも何度かしたけどね～。

夏の終わり頃、ギルドから討伐依頼があった。そろそろトレント大量発生の時期らしい。あ！この間の森に葡萄狩りに行かないと！　人手が増えたからいっぱい採れるぞ～！

と意気込んで行ったら、でっかい茸が一体歩いて来た。

いかにも毒を持ってますよと言わんばかりの真っ赤な傘に、石突き部分には老人の様なしわしわの顔がある。顔の脇から人の手が生え、ずんぐりとした足をちょこちょこと動かしてこちらに近づいて来る。全長二メートルくらい？　口の辺りには薄い緑色の空気が漂っている。うげ。

葡萄狩りというのんびりイベントのつもりでいたから今回は女子供多数だ。避難させなきゃと思った時、薬草班長のチムリさんが叫んだ。

「お嬢！　あのお化け茸を確保!!」

マジで!?　皆と呆気にとられていると、チムリさんは私に向かって走って来た。

「やつの吐く息は毒だから吸わないで！　がっつり茹でて毒抜きをして、がっつり乾燥させれば高級薬剤として使えるし、良い出汁が出る！」

「よっしゃあ!!　任せなさい!!」

守りの為に前に出ていた男衆を押し退けて、魔法発動。

トレントで鍛えた技を見よ！

秘技！　薄切り!!

縦にスライスされたお化け茸がヒラヒラとその場に溜まる。もはや茸の面影はなし。モンスターの名残は赤色だけ。

鼻息の荒い私とチムリさんががっちり握手をするのを見た誰かが言う。

「……ほんと、とんでもねぇ……」

お化け茸を保存袋に入れてから、予定通り、葡萄狩りをしました。
いっぱい採れたー!!
数日後にトレントも狩りました。今回も良い木材になってくれたわ〜!

三話　誕生会です。

「サリオン様……！」

王都屋敷に弁当配達中、半年振りにクインさんに会った。

通信機での通話や弁当用保管箱に入れた書類でやり取りしていたので、私的にはあまり久しぶりでもなかったんだけど。あ、やっぱり久しぶりだ、クインさんの顔に丸みが出てる。まだまだ痩せてるけど。

そして彼は私の背中のサリオンを見て驚いた。

「お久しぶりです。……大きくなられましたね……」

彼の声に、サリオンが微かに動いた。

半年背負い続けた経験から、この動きはオシッコの震えではない！　この子はクインさんをわかってる！

未だ私らには何の反応もない。時間が掛かるとは思っていたけど、そっか、クインさんをわかってるんだ〜。

「クインさん。サリオンに触れてあげて。あなたの声に反応したわよ」

「え!?」

戸惑いながらも料理長にも急かされて、恐る恐るサリオンの手を取る。

「ふっ……！」

突然、片手で顔を覆ってクインさんが崩れ落ちた。サリオンに触れた手は離さない。

何事!?　と焦る私に料理長が声を震わせる。

「サリオン様が、クインの手を握りました。微かですが」

………良かった！　サリオンはちゃんと〝生きて〟いた！

サリオン、お姉ちゃん頑張るよ!!


「はぁ……」

少女はため息をついた。今日だけではない。ここ最近ため息ばかりだ。

今日は自分の誕生日。毎年楽しみにしていたのに、今年はなんだか気分が乗らない。

毎日身に付けてよれよれになったリボンを整えてもらったのに。

リボンに合わせてドレスも新しく仕立てて、とても気に入っているのに。

コンコン。

返事をすると、礼服姿の兄が部屋へ入って来た。少女の様子を見て苦笑する。

「誕生日なのに浮かない顔をしているね。ごめんよ、見つけられなくて……」

「ううん、お兄様のせいじゃないわ。わかっていたことだもの。大丈夫、ちゃんと皆さんをおもてなしするわ」

いつもあれが嫌だこれが嫌だと我儘ばかりで、母と兄以外には癇癪を起こしていた妹。ため息を隠して侍女たちにも明るくふるまっていたことを知っている兄は、切ない思いで妹に微笑む。

「……そろそろ時間だよ。僕のエスコートで許しておくれ？」

「フフッ。しょうがないですわね」

兄の差し出した腕に手を添えると、街で迷子になった時のことを思い出した。

またいつか、あの時のお姉さんに会えるといいな。

「さあ、行きましょうお兄様！」

二人で誕生会会場である庭へ向かった。

三の側妃の娘とはいえ、王家の姫には沢山の贈り物があった。姫と歳の近い子を持つ貴族は大抵招待されている。社交界デビュー前の王家に関われる数少ない機会である。あわよくば、妹を祝いに現れる兄王子、姉姫にもお目にかかれるかもしれないと、親の方は下心が満載だ。

第二王女のレリィスア姫は贈り物をにこやかに受け取りながら、この中の何人が純粋に自分を祝いに来ているのだろうと思っていた。男児を連れている家は自分に息子を売り込み、女児を連れている家は自分の隣にいる兄に娘を売り込む。

しょうがないとはいえ、退屈であることに変わりはない。貴族の顔と名前は覚えているので、この挨拶の時間などどうでもいいと、話のほとんどを流していた。

それが終わり、国王である父が一言労ってから政務に戻って行った。

それを見送ると、現財務大臣のラトルジン侯爵がレリィスア姫に近づいて来た。文官とは思えないがっちりした体つきで、姿勢良く歩く姿はとても七十才とは思えない。年齢を証明するものは白髪と白髭とそれなりの皺だけである。

「お祖父様！　いらしてくださったの？　嬉しいわ！」

普段、財務の鬼と言われる男も、孫娘に抱きつかれては好好爺にしか見えない。

「おお！　大きくなったのうレリィスア！　重たくなった！」

「まあ！　お祖父様！　レディに向かって重たくなったなんて失礼ね！」

「はっはっは！　六才のくせに淑女のつもりか？　可愛らしいのう」

三の側妃はこのラトルジン侯爵の一人娘であった。後継者が嫁いでしまった後、養子縁組をせず、元々子供の少ない家系なので親族もいなくなってしまった。彼と夫人が亡くなってしまえば、ラトルジン侯爵家は断絶である。

まあそれも仕方なし！　と笑うだけだ。

彼の言い分としては、優秀な孫は成人するまで後ろ楯になれば後は自力でどうにかなる。娘が出戻れば家を続けるために奔走するが、出戻りの予定がなさそうだから、妻さえ不自由しなければ良いと言う。

貴族が多くても付き合いが面倒だろうと笑う変わった考えの男だが、仕事は容赦ない。高齢でも現職である事からも王からの信頼を窺わせる。

「最近はリボンがお気に入りと聞いたから、儂らからもリボンじゃ。いずれ婆にもつけた姿を見せておくれ」

一瞬だけ微妙な表情をした孫娘を不思議に思ったが、今身に付けているリボンを見て、これが一番の気に入りかと納得した。少し草臥(くたび)れてはいるが素晴らしい物だ。

はて？　どこで手に入れたのか。

妻が孫の為に選んだリボンは現在の流行りでかつ最高級の代物だ。

体調不良で今回の誕生会への出席は見送ったが、リボンを選ぶ妻の意気込みは凄かった。それなのに。

「まあ、この素晴らしいリボンに飽きてからで良いぞ」

そう言うと孫は破顔した。隣の兄とにこやかに見つめ合っている。ふむ。

娘からも、リボンはアンドレイが旅芸人から買い付けてレリィスアに贈ったとしか聞いていない。

旅芸人から買ったとしても、これだけの出来ならば妻の情報網から漏れるはずがない。爺にも判るほど素晴らしい品だ。先程から貴族の奥方たちの会話にもこのリボンは話題に上がっているようだが、誰も持ってはいない。

ふむ。

歌が聞こえてきた。

貴族の集まりといえば音楽は付き物である。会話の邪魔にならないように、楽団がそっと曲を奏で続ける。大人だけであればダンスが始まったりもするが、今日は子供の誕生会なのでダンスはない。明るく和やかな曲のみになる。

なのに、歌が始まった。

聞きなれない言葉で歌われている中に〝レリィスア〟と聞こえる。

楽団たちのいる方から、白でまとめた揃いの衣装を着た何人かの子供たちが踊りながら歩いて来た。そしてレリィスアを見つけるとお辞儀をして手を引いて行こうとする。

ラトルジン侯爵はそれを止めようとしてハッとした。

子供たちのリボンと、孫のリボンが揃いであることに気付いたのだ。

「付いて行って大丈夫だよ。僕からのプレゼントだから」

アンドレイがレリィスアに言う。

困惑しながらも、レリィスアが歩むのを子供たちが待ってることに気付き、そっと一歩を踏み出した。

すると、楽団のある簡易ステージまで花の通路ができた。

子供を両脇に従えたレリィスアが余裕で通れる道幅で、道の脇にプランターを置いた様にポンポンと音をたてて花が咲いていく。

ステージに近づくと、歌っている三人の若い女性がそこから降りて、戸惑うレリィスアがステージに上がる。

レリィスアへの歌が終わって子供たちが拍手をすると、ステージ上に花が咲き始めた。それはどんどん増えて、レリィスアのドレスの裾にも咲いたと思った瞬間、レリィスアが花に囲まれて見えなくなってしまった。

会場に配備されていた近衛兵が慌てて動き出すと、丸く形作った花々が天辺部分からふわりとほどけていくように飛んでいく。

そうして現れたレリィスアは、淡い黄色のリボンとそれに合わせたドレスに変わっていた。

誰もが目を丸くしたが、レリィスア自身も何が起きたかわかっていなかった。

ダンスの曲が流れる。

気が付けばアンドレイがレリィスアに手を差し伸べている。王族教育として、簡単なステップならばレリィスアもすでに踊れるのだが、彼女の視線はある一点に留まる。兄のその胸元には、レリィスアと同じ素材の花を象った黄色の飾りがあった。微笑む兄の手に自分の手を置いた。

先程までリボンの色に合わせた大人っぽい装いだったのが、年相応の明るく軽やかな姿になり、にこやかにクルクルと回る様子に老侯爵も胸を撫で下ろす。一緒に踊る兄もいつになく表情が豊かだ。

そんな二人の周りを花びらがフワフワと舞う。

どこかの子が、きれい、と呟いた。

ダンスを一曲踊りあげ、お客に向かって並んで礼をすると、地にあった花がしゃぼん玉となり、今度はフワフワと空に上がっていく。誰もがそれを眺め、しゃぼん玉が見えなくなった頃には、レリィスアの衣装は元に戻っていた。そして、子供たちも歌っていた女性もいなくなっていた。

「……まるで夢の様でしたわ。ありがとうございましたお兄様」

「喜んでくれて良かった。僕も楽しかったよ。呼んだ甲斐があった」

誰を呼んだの？　という言葉は、兄の斜め後ろに立つ男性を見た瞬間に呑み込んでいた。妹の目線で気付いた兄は振り向き、彼からドレスの入った箱を受け取り、レリィスアに見せる。

「これも、僕から」

わざと蓋の開いた箱に入っていたドレスは、今、幻かと思った黄色の物だった。

「レリィスア姫、お誕生日おめでとうございます。こちらのドレスは新しく染め出しに成功した物です。とてもお似合いでございました」

座長の彼がいるなら彼女もいるのでは？　恭しく祝いをのべている最中に失礼な事だがキョロキョロと会場を見回す。消えたと思っていたしゃぼん玉はまだ辺りをキラキラと漂っていた。

そうして見つけたのは、愕然とした顔の祖父だった。

「……クラウス……！　お前、なぜここにいる……!?」

座長はお祖父様のお知り合い？

「ご無沙汰しております……。アンドレイ様からのお願いにより、僭越ながら、姫様のお祝いに参りました」

え、お兄様が!?

兄を見るとニコニコしている。

「お前、領地はどうした？」

「留守居に任せてまいりました」

「は!?　彼処にお前に代わる人材などおらんだろう！」

「こういう時の為に育てました」

「育てた!?　なぜお前が領地を出る必要がある？」

「はい。実入りがないもので、芸を披露して稼ぐためでございます」

ついに芸人にまで堕ちたかと老侯爵は呟きかけたが、よくよく見ればクラウスの体つきはがっちりとしている。どうしようもない程の貧乏領地で、近年では自分も含め誰も手を差し伸べなかったのに、目の前の男は実に健康的である。おかしい。

それを察したのだろう。クラウスは苦笑する。

「領主代行が働き者ですので、生き長らえる事ができました」

「領主代行……!?」

そんな話は聞いていない。老侯爵のもとには毎日膨大な資料が届く。それこそ下らない噂話まで。その中にクラウスのいる領地の話はなかったはずだ。しかしそれでも代行という者がいるのならば届けがあるはず。

「代行とは、誰だ……？」

その言葉にクラウスが体を一歩横にずらすと、そこには綺麗なお辞儀をした少女がいた。いつの間に。

「お初にお目にかかります、ラトルジン侯爵様。一座の裏方を務めております……」

そうしてゆっくり体を起こし、にこやかに微笑む。

「サレスティア・ドロードラングと申します」

ドロードラング!?　奴隷王の子がなぜここにいる!?

ギラリと睨みつけた瞬間、邪魔が入った。

「お姉さん!!」

可愛い孫娘が、ドレスを兄に押し付け奴隷王の娘に近づく。それを止めようとして侯爵はアンドレイに止められた。

「妹ちゃん！　久しぶり！　今日も素敵に可愛いわね！」

「会いたかった！　嬉しい！　来てくれてありがとう！」

二人は両手を繋いでピョンピョンと跳ねている。その間もレリィスアはどうしてどうして？　と嬉しそうだ。

とても淑女らしくない、下町の女児の様ではないか。

だがその喜びはこちらにも伝わってくる。

「これは私からのプレゼント。誕生日に間に合って良かったわ。思った通り黄色もよく似合ってたわよ」

そうして、やはり蓋のない箱に先程の黄色いリボンが入っている。それを受け取ってレリィスアは嬉しそうだ。

「誕生日おめでとう妹ちゃん。こんなになるまでリボンを使ってくれてありがとう。私も嬉しい」

「だって素敵だもの！　みんなが褒めてくれたわ！　……また会いたくて、ずっと付けていたの。だから、会えて嬉しい」

「お互いに嬉しいなんて、相思相愛、両想いね、私たち！」

「うふふ！　本当ね！」

「なんだよ、呼んだのは僕だぞ。僕も入れてよ」

「そうね、お兄ちゃんは私たちのキューピッドだもんね！　そばにいてもよろしくてよ！」

「なんでそんなに偉そうなのさ……腑に落ちない！」

「私に内緒にしていた罰よ、お兄様」

「え!?　内緒にして驚かそうって言ったのはお嬢だよ！　なんで僕だけ罰なの!?」

「ウソよ！　大好きお兄様！　ありがとう！　嬉しい！」

そう言うとレリィスアはアンドレイに抱きついた。

「レシィ、お祝いにお嬢を呼んだのは本当だけど、お嬢をお祖父様にも会わせたかったんだ」

「え、なぜ？」

「実は私の家、ものすご～く問題が多いの。その相談をしたくてお兄ちゃんに頼んだのよ」

「これがうまくいけばお嬢と自由に会えるようになるかもしれない。レシィからもお祖父様にお願いしておくれ？」

は？　可愛い孫に言われてもどうしようもない事もある。これは不味いのでは？

「お祖父様！　レシィもお願いします！　どうぞお姉さんを助けてあげて！」

財務の鬼と呼ばれる祖父が困惑している。でも、お姉さんと自由に会えるという誘惑には勝てない。言質を取らねば！

そんな気合いをひしひしと感じる。

「レシィ、そういう事だからお祖父様たちには別室で話し合ってもらうよ。ここでは相応しくないからね。僕たちは今日はお祝いに来てくれた皆をもてなさないと、ね？」

アンドレイの宥める姿に、逃げ道はないのかと侯爵はため息をついた。

話し合いが終わったらまた会おうと約束をして、ラトルジン侯爵、サレスティア、クラウスの三人はアンドレイの用意した部屋に入る。

レリィスアが大人しくアンドレイの言うことに従ったので、ラトルジン侯爵は内心驚いていた。

あの我儘娘のレリィスアが！　と。

侯爵が上座のソファに腰掛けたのを確認してから、失礼しますとサレスティアも下座のソファに腰をおろす。クラウスはその後ろに立つ。

「お時間をいただきありがとうございます。早速ですが、先ずはこちらをご覧ください」

サレスティアが言い、クラウスが差し出した物は、ドロードラング家の印鑑である。

まさかの物が出てきたと思ったが、侯爵は手に取って確かめる。

貴族の印鑑は王から下される。唯一無二の物として、持ち手も精巧に造られる。事情により二つ以上必要な時は必ず申請をしなければならない。そしてその場合国に報告される。

なので、申請せずに複数持っていれば、それは罪になる。

朱肉と紙も出されたので遠慮なく判を捺す。

判がキラリと光って消える。

申請されていない判は光らない。そういう造りになっている。

「本物のようだな」

本物ならば、それはそれで問題である。領地にいようが王都にいようが、当主が持たなければいけない物をなぜその娘が持っているのか。

「失礼ながら、侯爵は我が家の現状をどの程度御存じでしょうか？」

当主夫妻が揃って奴隷売買を仲介していること。領地からの納税は壊滅的にもかかわらず、王都での生活は豪遊三昧。妻の実家からの融資もあるが、領地の回復は全くない。いまだにどういう金の流れになっているのか、あくどいことをしているに違いないがなぜか証拠が摑めない。胡散臭い事この上ないのだが、全容が把握できなければ、現状打つ手なしである。

「お恥ずかしい限りです。では、こちらの書類を見ていただいてよろしいでしょうか」

そうしてまたクラウスが書類の束を出す。

一枚目から目を瞠ってしまった。二枚目、三枚目とどんどん捲っていく。

「これは……！」

「こちらの書類は写しですが、本物があれば不正の証拠になりますでしょうか」

なる。

「……どうやって調べた？」

「忍び込みました。王都の屋敷にある半年前までのものには当主印が捺されてありました。半年前に父は、領地経営を私に任せると印鑑を譲られました」

はあ!?　こんな子供に!?　何を考えているのだ!?

「実子とはいえ成人前の子に、当主印の譲渡も問題ですが、さしあたっての問題は、我が家だけがお取り潰しになるだけでは済まない事態になっていたことです。正直、これだけの貴族が関わっているとは思っていませんでした」

確かに。

この資料を見る限りドロードラング家が没落したところで第二第三の奴隷王が現れるだけだろう。

「脅しの証拠にする為か、母の実家キルファール伯爵家の隠し金庫には全ての書類が残っておりました。今日お持ちしたのはその一部です」

キルファール伯爵。何代か前の姫が降嫁した事をいまだに自慢とする貴族である。建国以来の貴族で歴史はあるが、近年、目ぼしい人材はおらず、なんとか国政に関わっているという状態だ。しかし貴族とは歴史が大好物である。国内の派閥としては大きいものであり、なぜかラトルジン侯爵は目の敵にされており、付き合うのが面倒な貴族である。

不出来な末娘をドロードラング男爵家にねじ込み、厄介払いができたと言っていたという噂もあった。しょうもない噂の多い貴族なので、ラトルジン侯爵はなるべく関わらないようにしていた。

しかし、奴隷売買に手を染めていたとは……

「……一部」

「はい。我が家に関わる事だけでもこれだけありました」

頭の痛い話だ。……しかし。

「これが、お前たちの捏造(ねつぞう)ではないという証拠は？」

ふ、と目の前の少女が口許を弛(ゆる)めた。

「ありません。家宅捜査をしたところで、私が書類を入れたとなれば、まあ、特に否定はできませんね。覗けたのですから」

……ふむ。自棄(やけ)になっているようには見えない。

「証拠はありませんが、覚悟として、私の命を賭けます」

「……お涙頂戴では動かんぞ」

「ふふっ。わかっております。そんなことでは〝財務の鬼〟とは呼ばれないでしょう。私たちは侯爵から案をいただきたいのです。私の望む事は領民の平和、弟サリオンの未来。それを確保する為の案をいただきたい」

弟？

「ドロードラング家の嫡男です。三才になります。一応届けは出ています。育児放棄をされていたので現在治療中ですが」

少女のくせに眉間のシワが様になっているのう、とぼんやり思う。

「私は小さかったとはいえ侍女や侍従たちを蔑ろにしてきました。親がそうしていたからと倣ってそうしていましたが、良いことではありません。心を入れ換えたのは三年前に領地に帰ってからです」

この三年は領地の復興だけに力を注いできた。餓死しかかっていた領民を助ける事だけを考えてきた。だがその間にも奴隷となったたくさんの人がいる。だから自分も断罪されても文句はないと少女は淡々と言う。

「ですが弟は何もしていません。ただベッドに寝ていただけです。どうか、弟を助ける知恵を下さい。貴族でなくなっても構いません。世話をする者と共に生きていけるようにしたいのです」

弟のあてが見つかり次第、告発する準備をしております。

奴隷王の娘はそう締めくくった。

息を吐く。

クラウスがまた書類を出した。

「失礼します。こちらは、この三年の領地での実質収支になります。ご当主様の方には復興前の物を繰り返し報告させていただきました」

「お前！　財務の儂にそれを言うのか!!」

当主に報告したという事は国に提出しているという事だ。だからラトルジン侯爵も、ドロードラング領はもう駄目だと思っていたのだ。紛れもない不正である。

「その罰も私が受けます」

少女が毅然と言う。

少し気圧(けお)された。こんな少女に。

それを誤魔化す様に領地の収支書を見る。

「……なんだこの出鱈目な収支は!?」

「魔法を使いましたので、三年でなんとか算段がつきました。できれば後五年は続けたかったのですが、まあ、仕方がありません」

魔法!?　農業に魔法を使った!?

「ドロードラングには魔法使いはいなかったはずだ！」

魔法使いはその数自体が少ない。保有魔力にも魔法使いによってばらつきがある。だが、一般人と比べれば遥かに戦力になる。対魔物では有効度が桁違いだ。その為、魔法が使えるとわかると国で確認するのだ。

魔法使いは優遇されるので自ら申告に来るが、申告に絶対の義務はない。黙っていても罪にはならない。

「はい。私が領地に帰った日に突然使えるようになりました」

「は!?　突然!?　こんな子供がこれだけの働きを魔法でしたと言うのか!?」

頷く二人。おもむろにサレスティアは手のひらに花を咲かせ、それをシャボン玉に変え、そして消した。

先程レリィスアの誕生会で見たものだ。

あの見事な幻を造り上げたのがこの少女だと！　どこの魔法使いに師事したというのだ！

「独学です」

十才前後でこの術の精度はあり得ない。

ハッとする。

半年前に、王都の広場で魔法使用の報告があった。

「……あの、でかい花束は、お前か……？」

「半年前ですね？　左様でございます」

淑女のようににこりと微笑む少女に戦慄を覚えた。

あの時は非常事態宣言を出すかどうかの瀬戸際まで大騒ぎになった。

慌てて貴族お抱えの魔法使いたちと騎士団を召集するほどに。

あんな魔力で攻め込まれたら、王城など一瞬で灰になる。

それほどの花束だった。

王宮でも王都のギルド本部でも、戦士養成所のアーライル学園でも、あんな魔法使いの登録はされていなかった。

何事もなく花束が消え去ってその後も何事もなく、上層部はホッとしたのだった。

しかし犯人を特定できない不安が常にあった。

が。あの大騒ぎの原因が今目の前に居る。

自分は魔法を使えないので、押さえるにはタイミングが重要だ。

しかし、すぐ傍にはあのクラウスがいる。

背中に汗が流れる。

「その、魔法で、……好きな様にできるのではないのか？」

「力ずくということでしょうか？　それも考えましたが面倒です。私は領地だけで手一杯ですので、攻め込まれでもしない限りは国盗りはいたしません。戦争も、する気もございません」

……やろうと思えばできるということか。それを、面倒と言うのか。

「弟と領民が穏やかに過ごせるのであれば、それで良いのです」

にこりと微笑むその顔から、本気でそう思っている事がわかる。

「……もしも、弟にも刑が及んだ場合はどうする……？」

「その時は、弟と領民を連れて国外に逃げます」

ピクリとも表情を動かさず言い切った小娘に本気で戦慄した。

尋常ではない魔力を保有する魔法使いが、人質に成りうる全てを持って国外に出る。

こんな恐ろしい事はない。

その意味を、目の前の小娘は正しく理解している。

ラトルジン侯爵は思わず頭を抱えた。

「なんということだ……。おい、この会談で儂に選択肢はあるのか？」

少女が目を丸くする。そうすると年相応の顔になる。こちらが憮然とすると、先程孫たちと戯れていたように笑う。

「もちろんです。ラトルジン侯爵様にとっての選択肢は色々あるように用意したつもりです」

「嘘をつけ。しゃあしゃあと抜かしおって。孫の機嫌を質に取られた爺には一択しかないではないか」

「ふふふ。申し訳ございません。こちらも命懸けですので手札は思い付く限り用意致しました」

「だが、今すぐ決着が着くわけではないぞ」

机の上の書類を睨みつける。

「承知しております。領地については一度いらしていただきたいと思っております。後任についても引き継ぎの立ち会いをお願い致します」

「……よく、儂を人質にしなかったな……」

「これからお世話になる御方にそれはできません」

「見ろ、決定事項ではないか！　茶番か！」

「あら、貴族とは形式を重んじると教わりましたのに」

「全く、全く、正に、貴族らしい形式という名の茶番であったわ！　末恐ろしい小娘じゃな！」

やはり、にこりと微笑むと、少女は言った。

「よく言われます」

ラトルジン侯爵を味方にすることができた。

ホッとしながらも、やっと第一歩だ。

「お姉さん！」

ラトルジン侯爵とこれからの事を話し合っていると妹ちゃんが部屋に飛び込んで来た。息を切らせてほっぺがほんのり赤い、まあ可愛い～！

「こら、淑女の嗜(たしな)みはどうした」

そう注意しながらもラトルジン侯爵は笑っている。ですよね～！　可愛いですもんね～！　叱りきれませんよね～！

「そんなことよりも、お姉さんのことはどうなったの!?」

「レリィスア姫」

ピシリと呼ぶと、妹ちゃんはビクッとなった。

「この部屋は今、ラトルジン侯爵と私の会談の場でございます。いくら姫様といえど知られる訳にいかない事もございます。入室なさるにはこちらの準備が整ってからになさってください。そんなこと、ではございません」

「あ……」

今度は羞恥で頬を赤くし、俯く。

「申し訳ありませんでした……」

そうしてラトルジン侯爵に謝罪した。

うん、偉い偉い。あれ、侯爵が目を丸くしてる。あ、私が注意するのは不味かった!?

ノックの音に、開けっぱなしのドアを見ると、お兄ちゃんが苦笑しながら立っていた。

「入っても?」

「構わん」

ラトルジン侯爵が苦虫を噛んだような顔をして、お兄ちゃんを見る。

「話し合いはどうなりましたか?」

「何が話し合いじゃ。取り引きは儂の負けじゃ。まさか、お前がこういう事をするとはな。意表をつかれている内に良いように持っていかれたぞ」

「それは何よりで。こちらの思惑に乗っていただけましたか」

「アンドレイ、お前はどこまで把握しておるのだ」

「彼女がサレスティア・ドロードラング男爵令嬢であり、魔法を使える旅芸人であるということだけです」

そう、お兄ちゃんは今回の事の全てを知らない。教えない事を許してもらった。うっかりお兄ちゃんに何かがあったら大変に困る。解決したら全てを話すと約束した。良い方向にしろ、悪い方向にしろ。

「ごめんなさいお兄ちゃん。まだ全てを話せない。侯爵様に繋いでくれたのに」

もどかしい思いで言うと、彼は少し笑った。

「いいよ。僕なんかよりも遥かにお祖父様が動ける事はわかっている。レシィとお揃いのスカーフをもらったしね、話してもらえるのを待っているよ」

む。前からちょっと気になっていたけど、

「それお兄ちゃんの悪いトコね。〝僕なんか〟なわけないでしょ！　今回私らがどれだけ助かったのか、全て終わったら説教だからね！」

お兄ちゃんの自己評価が低いのは絶対にあの従者のせいだ！　機会があったらやっぱりぶん殴ってやる！

「ええ～、お嬢の説教って怖そうなんだけど……」

「お嬢様のお説教を受けた子は必ず泣きます」

「ええっ!?　冗談じゃないの!?」

クラウスの一言に青い顔になるお兄ちゃん。ニヤリとする私。

お兄ちゃんはラトルジン侯爵にすがった。侯爵の隣で大人しくしている妹ちゃんに抱きつく。

「お祖父様！　僕の安寧とレシィの交友の為に色々本気でお願いします！」

その行為で、侯爵に対してどれだけの信頼をしているかわかる。

良かった。お兄ちゃんに信頼できる人がいて。その大事な人を紹介してくれてありがとう。

「わ、私、さっきお姉さんに注意されたのだけど、それもお説教されるの……？」

泣きそうな顔でお兄ちゃんに訴える妹ちゃん。

……ぷっ
二人を見て、私を見る侯爵。困ったような呆れたような顔をして、ぽつりと言う。

「……見ろ、儂に選択肢などないではないか」

ぶふぅ！

優しいお爺ちゃんじゃん！

これで仕事させたら「鬼」なんて言われるんだ～。格好いいね！

って言ったら、

「元々、鬼と呼ばれたのはクラウスだ。年に一度の武大会で五年連続優勝して殿堂入りした上に、ハスブナル国との戦で無双したからな。戦場の鬼だの、剣聖だの、二つ名が付いた」

ぐるりとクラウスを振り返ると、「そんなこともありましたね」としれっと言う。

え、ちょっと、初めて聞いたんだけど！　あ、そう言えばニックさんがクラウスは強いと言ってたような……剣聖!?　……そんな存在が現実にいるとは！

「昔のことですよ」とにこりとする。

この！　執事然としたクラウスが！　戦場で無双！

……カシーナさんの他にも怒らせてはいけない人が！　なんてこった！

「ありましたね、ではないわ。真面目に仕事をしているだけで流石〝戦場の鬼〟の兄上ですな、等と言われ、いつの間にやら〝財務の鬼〟だ。儂は真面目に仕事をしただけだ！」

いやいやいやいや聞いてますよ、仕事ぶり。ちょっとでも怪しい書類は徹底的に追及して、不正を叩き出すまで終わらないって。

見た目だって「文官も体力だ！」と言って鍛え上げ、ひょろひょろ集団の中のマッチョだそうだ。

想像だけでもインパクトあるわ～。

「え、〝剣聖ラトルジン〟？　貴方が？　え？　お祖父様の弟？　え？」

お兄ちゃんが呆然とクラウスを見る。

「そうだ」

本人ではなく侯爵が答える。ちょっと得意気なのが微笑ましい。

お兄ちゃんはだいぶ混乱したようで、うっかり口にした一言に私は大笑いしてしまった。

「呼び名と姿が逆じゃないか……！」

侯爵、撃沈。は～、お腹よじれるかと思った！

別れ際、侯爵がそろっと聞いてきた。

「なぜ、儂を選んだ？」

「アンドレイ王子の推薦ですし、クラウスが、領地外で最も信頼している御方だと言うので」

「！　……そうか。ふっ、兄離れのできぬヤツめ」

ふふっ。

今日一番の笑顔でした。

四話　ご招待です。

ちゅど――――ん！　シュシュシュシュシュ、バラバラバラバラ……

ちゅど――――ん！　シュシュシュシュシュ、バラバラバラバラ……

「……なんじゃこりゃあ……」

どこかで聞いたようなフレーズを侯爵が呟く。

隣にいる、お兄ちゃんことアンディと、妹ちゃんことレシィ、そして侯爵夫人にお供の人々も呆然としている。

そんなに不思議かなー？　作業としては楽なんだよー？

畑の土を噴き上げてー（ちゅど――――ん！）、森から持ってきた腐葉土と乾燥させた雑草をみじん切りにして（シュシュシュシュシュ）土と混ぜてー、それを空気を含むようにまた畑にパラパラ戻す（バラバラバラバラ）。ついでに畝（うね）も作る。はい、出来上がり～。

本日の種蒔き部分を耕し終えると、待ってましたと子供たちが種を蒔く。種蒔きや雑草取りはやっぱり人力。私の腕がイマイチなので魔法ではかなり雑な仕事になってしまう。

畝の半分に種が残ってなかったり、雑草と一緒に畑を吹っ飛ばした時には落ち込んだ……いまだに吹っ飛ばすので練習も禁止になってしまった……

子供たちは競争しながらも丁寧に種を蒔いて行く。農業のプロのオッチャン、オバチャンが確認して、勝利者を決める。

ここら辺厳格なのだけど、種蒔き作業だけの評価をする。普段が生意気だろうが乱暴だろうが、農作業への評価に影響しない。

そういう決まりを作った。

スラムの子たちの自己評価の低さを鑑みての措置である。年長組はほぼ人格が出来上がっている。スラムでの生活が長いので自己防衛が強い。どうしても周りに対して攻撃的になりがちだ。もう敵はいないと理解はしているのだが、染み付いた習慣はそうそう抜けない。

無駄な自己防衛を発揮して落ち込む、ということがあったのだ。

それをマークに相談してきたのだから、マークの面倒見の良さに脱帽である。

口が悪かろうが仕事をきちっとするなら問題ない。乱暴だろうがそれだけで君の全てを否定しない。それを彼らが実感できるようにしたい。

まあ、大人組の忍耐もかなりに鍛えられたようだけど、そこら辺は柔軟な年寄りが多くて助かった。

年寄りって頑固で不器用なイメージだったけど、やっぱりおおらかだし注意にも説得力がある。ありがたい。

前世のじいちゃんは私が思い描くヤンチャの原点だ。仕事もご近所付き合いもきちっとする人ではあったけど、どうなのってね……私の尊敬する人はばあちゃんですって作文に書いたわ～。

反抗期真っ盛りの子が一番になって、よくやったと撫で繰りまわされると文句は言うが逃げ出さない。やっと少しずつ笑うようになってきた。

年の功ってスゴいわ～。

「いいなぁ……」

お兄ちゃんがぽそりと呟いた。

「アンディもやる？　初心者だからチビたちの組に入ってね！　おおーい！　一人追加ー！」

え!?　えっ!?　と戸惑うアンディを無理矢理引っ張り、種蒔きの仕方を説明して、放置。

オッチャンがよーいどんと声を張り上げた。

慌てて動き始めるアンディ。隣のチビを見ながら見よう見まねで種を蒔いていく。拙(つたな)いながらも中々のペースで進む。

「よし！　頑張れアンディ！　負けるなみんな！」

一番にはなれなかったけど、初参加で健闘したアンディを皆で撫でくった。髪の毛グシャグシャ王子。ははっ！

レリィスア姫の誕生会から半年。

その間に新年の挨拶にかこつけて再度家捜しをし、我が家の不正証拠はクインさんと王都に残ったヤンさんとダジルイさんの働きで現在までのは出尽くした。

キルファール伯爵家、その他貴族についても、ラトルジン侯爵が裏付けを取ってくれている。騎士団に所属してる家もあり、捜査の人選に難儀したと愚痴られた。すんません。

今はキルファール伯爵含め、外堀を固めて逃げ場を潰しているところだそうだ。奴隷市場から縮小開始。対象貴族に気付かれないように用心深く誘導してるらしい。流石。

で、こちらの本命、サリオンと領民なのだけど、ラトルジン侯爵は自分の目で現状を確認してから決めると言うので、休日である今日、お越しいただいた。

無理くり取った休みが二日とのことなので、もちろん亀様的移動である。馬車で移動なんて一月（ひとつき）かかる。

ついでにお兄ちゃんと妹ちゃんもお誘い。いつも頑張っているお兄ちゃんをいつかは連れて来たいと思っていたので、ついでって言うのは変だけど。

休日を祖父母と孫の水入らずで過ごす会、という名目で侯爵家に集まったところを、侯爵夫人に挨拶をしてから侯爵家の選抜メンバー侍従四名侍女四名も一緒にご案内〜。

目を白黒させている十二人には、こちらで用意した服に着替えてもらう。領地見学はホコリっぽい所もあるから汚れても平気な服にしなきゃね。

今日のホバー荷車は、お客様仕様にしました！

いつもの荷車にクッションを敷けば良しと思っていたら、侯爵夫人は膝を痛めているらしいと聞いたので椅子型の四人乗りを製作。乗るときは地べたで、乗り込んだら地上三十センチを浮いて進む。まあ、目線は従来の馬車と変わらない。三台連結したので全員乗ってもらう。侍従侍女たちも今日はお客様なので歩かせないよ！

それと、夫人専用の車椅子（車輪なし）も作った。私も車椅子は使った事がないので、車輪がない分振動が少なかろうという想像しかできない。使ってもらって、夫人に聞きながらカスタマイズすることにした。これのお披露目は後で。

ジャジャン！　とホバー荷車の登場に侯爵が大騒ぎ。

こんな怪しい物に乗れるか！　と叫ぶ侯爵の横をすり抜けて夫人が乗り込んだ。お。

「こんな珍しい物に乗れるなんて素敵じゃないですか。時間が少ないのですから、文句があるなら歩いてついてきてくださいませ。さ、行きましょう」

振動のない事に夫人は喜び、侯爵、他は戦々恐々としている。これなら夫人に車椅子は喜んでもらえるかな？

さて、いつもの護衛メンバーを従えて進んでおります。モンスターが出るのはさすがに不味いので、森の見回りを強化。

おかげで豚どもは出なかったけど、大蜘蛛見学で皆さん真っ青になったので休憩を兼ねて食料庫へ。有り得ない貯蔵量を誇る保管庫を見て侯爵の顔色が白くなってしまった。

……あら？

最近ハンクさんが作るのにはまっているカスタードクリームのロールケーキとお客用の買い置きの紅茶で休憩。疲れた時は甘いもの！　喜んでもらえた！　やったねハンクさん！

休憩後は私の魔法を見てもらうのに畑へ向かう。そうして冒頭へ戻る。

グシャグシャになって子供たちと笑うアンディに侯爵家の皆は目が点だ。不思議に思えば、夫人が教えてくれた。

「あの子は人見知りがひどくて、初対面の相手には絶対に笑ったりしないの。もちろん、社交として笑顔で接する事はできますよ。だから私たちはとても驚いているわ。……あんな風に笑うなんて……」

ふ～ん？　あれ？　迷子の時はどうだったかな？　……あ～、だいぶ警戒してたかな。

オッチャン、オバチャンからチビッコにまで撫で繰りまわされて笑うアンディを眺める。

あ、くすぐられてる。

…………私、彼が侯爵の孫って紹介したよね……？

「コラ――ッ!!　やり過ぎーッ!!」

「イヤだって、お貴族様に触ることなんてないから有り難くてね～」

いやいや、「王子」と「姫」だって、大人たちには言ったよね？　子供らには緊張しないように「貴族の孫」で通そうって打ち合わせしたよね？

「貴族にそういう御利益ないからっ！　むしろ怒られるからっ！　ってか私も貴族なんだけどっ!?」

「「「ええっ!?」」」

「……よし。お前らそこへ直れ――っ!!」

私の怒声と同時に子供たちが笑いながら散らばる。

呆然とする侯爵家の皆様を置き去りに、逃げる方も追う方もスケボーを駆使し、それこそ縦横無尽に動き回る。

だがしかーし！　私のはアンタたちのより出力上だからね！

五分で全員捕まえてやったぜ！　フンッ！

すばしっこくなったなぁ……

捕まえた子供たちをざっくり並ばせる。

「十才以上は腕立てしながら九九！　九才までは腹筋しながら九九！　始めっ！」

にいちがにー！　ににんがしー！

と声が出たのを確認して侯爵家の元へ戻ると、「今日くらい猫被っときゃあいいのに」とニックさんが苦笑してた。

「今、皆が叫んでるのは何？」

多少私に免疫のあるアンディが聞いてきた。

かけ算表を覚えてるんだよ。これを使えないと買い出し班に入れないからねー。買い物の計算は早く正確にしなきゃね。

「そんなことよりその板は何だ!?　どういう造りだ!?」

侯爵はよく叫ぶな～。元気な人だ。うんうん。

説明してもいいけどわかるかな。とりあえず、基本材料が板、血、魔力です！　模様は細工師ですよー。

「……黒魔法!?」

あ、ご存じで。風魔法も使うと馬力がより出ます。板だけど。

「皆さんが使えるのですか？」

侍従の一人が質問してきた。

はい、皆練習します。と言って、浮いた板に片足を乗せ、反対側で地面を蹴って進み、蛇行しながらスルッと戻る。魔法だから蛇行しなくても進むのだけど、体重移動ができると咄嗟の時に反応しやすい。

「うちは馬が二頭しかいなかったので、領地内を速く移動するためと、緊急の時の避難具として考えました」

後付け理由と言うことを知っている大人は横を向く。ただ私が乗りたかっただけって、バラさないでよ！

乗ってみますか？　と聞くと、質問してきた従者が降りてきた。私では介助ができないのでニックさんと交代。横向きに進むというのは初体験の様で、ニックさんを掴んだまま、ふよふよと進むのにもビクビクしている。

「見た目より遥かに安定感がありますね。慣れるまでかかりそうですけど、魔法を使えない私が乗りこなせれば色々と楽ですね」

多少の怪我なら治せますから練習しますか？　と聞くと考えさせてくださいと言われた。早馬より速くできますか？　という質問には、できますし、緊急ということであれば高さも調整しますよと答えた。

あ、社交辞令じゃなくて本気で悩んでる。「浮く」というのが慣れるまで怖そうだよね〜。「転ぶ」ってのも大人になると躊躇しちゃうよね〜。

「僕は乗りたい」

おお、意外とアクティブだなお兄ちゃん！　いいね〜！

今日は領地案内を予定してたけど、アンディだけ特訓する？　と聞いてみたら、ものすごく悩んで結局見学することになった。

お嬢の領地を知りたいから。だって。

……ふふ、ありがと。

畑を通る時に道の綺麗さに驚かれた。いつか発展した時の為に主要道路は道幅を広く取ってある。魔法を駆使して表面は滑らか仕上げ！　雨が降っても滑らない、水捌けバッチリ仕様！　そして貴族の大きな馬車が余裕ですれ違える！

問題は、こんな田舎にそんなデカイ馬車を持っている貴族をどうやって呼び込むかってこと。どんな企画が当たるかわからないから、侯爵が来た今回はいい機会だ。

長閑な道を延々と進み、墓地へ着いた。

侯爵夫妻の目的の一つ、お祖父様のお墓参りをする。

「ジャン。お前のおかげでクラウスは今も生きている……感謝する」

お祖父様、クラウス、侯爵夫妻の間にどんなことがあったのだろう。夫人は、一粒だけ涙をこぼした。

しんみりとした雰囲気で荷車に乗り込み、墓地を回り込んで、亀様の正面へ。

「以前、魔法は独学と言いましたが、こちらが私の魔法の教師になります。亀様です！」

《お初にお目にかかる》

あまりの巨体に認識できず反応が遅れたようだったけど、皆さん、腰が抜けたそうです。

やっぱり？

「どういった紹介なら、普通に受けてもらえるかな～？」

「無理じゃああああ‼」

流石、侯爵。声が通る。


亀様を紹介するのは、昨夜の会議まで迷っていた。

後任がいけ好かない人物だろうと亀様が屈する事はないが、領民をたてにされてしまえば、優しい亀様のことだ、言いなりになってしまうだろう。まあ、そんなことも飛び越えて解決しそうな気もするけれど。

だけど、悪どい人間なんてそこらにいるし、そういう奴らは慎重に近づいてくる。危険がないことはない。

そんな事になるくらいなら内緒のままがいい。何だったら地中に戻ってもらったら、という案も出た。そうしたら亀様は眠りについてしまうので、私らが生きてるうちにはもう会えない。

それも寂しい。

騎馬の民から、亀様ごと騎馬の国に移住すれば良いという案も出た。……ありがたいな～。草原での生活も悪くないよね～。

皆でウンウン唸っていると、

「お嬢が残れれば何の問題もないのに……」

マークが呟いた。

「俺、お嬢が従者として屋敷から連れ出してくれたから、騎士を目指せたんだ」


最初はスラムの仲間を手っ取り早く食わしていくのに丁度良かっただけだった。全員には足りないけど、いつまでも盗んでばかりじゃ駄目だとは思っていた。頭は悪いし、自信があるのは腕っぷしだけだ。でもどうやったら騎士になれる？

そうしてると、丁稚(でっち)を募集してる貴族がいて、働きが良ければ騎士団に入団するための試験を受ける推薦が貰えると聞きつけた。なけなしの持ち金で一番安い物が更に値引きされた剣を更に値引き交渉して買って、その足でドロードラング家に向かった。

結果は奴隷集めをしているだけだったが、丁度お嬢の領地行きが決まり、一番痩せぎすだった俺と別ルートで買われてきたルルーがお付きに選ばれた。

騎士にはなれず、スラムからも離れる事になり、どこで逃げ出すかと考えていた。

ついでにルルーも連れて行こう。あのクソ貴族の所にいるより、俺と一緒にの垂れ死ぬことになっても構わないって言ったし。

騎士になりたいの？　じゃあ私が推薦状を書くわ。でも、確か一年は奉公しなきゃならないから、その間は自分なりに鍛えなさいね！

あれ？　俺ら奴隷になるはずなんじゃ？　ルルーと顔を見合わせた。

騎士になりたいんでしょ？　やってみなよ！

ニカッと笑う五才児に、二人で呆気にとられた。


「領地に着いてみりゃあ、騎士どころじゃなかったけどさ。バタバタしてる内に飯が食えるようになって、ニックさんに稽古はつけてもらえるし、その内、いつかお嬢の助けになる為にって、騎士を目指すようにもなったんだ。今じゃ仲間も保護できたし。……特訓は無駄じゃあないけど、年上なのに何の助けにもなれないままになりそうで、正直やりきれない……」

おぉ、そんな風に思ってたんだ。何だかんだと「私」はマークとルルーとが一番付き合いが長いんだな〜。

二人がそばにいてくれたから気持ちはだいぶ楽だった。基本、二人とも無礼だからね。従者ってよりも友達に近い。

前世の兄と姉の様にも近い。……何だ、そっか、そりゃ楽だわ～。

「ありがとう。あの時にマークとルルーが上手に買い出ししてくれたから今があるの。何の助けにもなってないなんて、ぶっ飛ばすわよ」

「感謝の仕方がおかしいよ!?」

「ヘタレた事言うからよ！　いい？　私がいようと誰が当主になろうと、あんたたち皆がいなきゃあドロードラング領は立ち行かないのよ。まあ、騎馬の民はいつか国に帰るけど、現在うちの産業の戦力に変わりない。私の無茶に付き合ってもくれるし、当主としてこんな誇らしい事はないわ！」

「あ、無茶の自覚はあったんだ」

誰だ今言ったのは！

「お嬢はこっちに着いた途端に無茶したな～。まだちっこいのに鳥を狩ってくるわ、羽は毟るわ、豚を仕留めるわ、料理はそこそこ上手いわ、とにかくよく喋るわ、……ああ、今でもか」

ちょっとハンクさん、何の話が始まるの？

「無茶と言えば、やっぱり亀様に突っ込んだ時ほど終わったと思った事はなかったわ～」

ニックさんも乗っかった。

「え？　亀様に突っ込んだって何だ？」

バジアルさんが不思議そうに聞き返す。

「あそっか、騎馬の民は誰も知らねぇか。亀様が地中から出てきた時に、モンスターだと思ったお嬢が一撃かましたんだよ。いやあ、生きた心地がしないってあいうことだな」

そうそうと広間にいるほぼ半分が頷く。残りの半分は口が開いている。

「亀様を殴った!?」「世界が終わったと思った……」「国が沈むって」「大蜘蛛を飼うとか信じられない」「トレントの狩り方見たことあるか?」「じぇっとこーすたーは頭おかしい!」「芸を磨く当主ってどうよ?」「水路と道路の整備はすげえよ」「風呂は最高!」「とらんぽりんも怖いし」「服の造りが可愛い!」「食い意地が果てしない」「何か企んだ時は悪い顔で笑う」

「まあ、何だかんだ言うけど、一つだけ言えることは、」

「「「絶対嫁の貰い手がない!」」」

広間爆笑。

締めの一言、割と攻撃力高いんですけど!?

「落ち着くトコはソコか——っ!?」

嫁の貰い手がない。

前世でも彼氏がいなくて親にはだいぶ心配されたけど、この人数に言い切られると本気でまずい。

……まあ、いっか。片想いの相手もいないし実際それどころじゃないし。

「他人の結婚にばっかり関わっているからだよ」

ニックさんが目に涙をためて言う。……そこまで笑うか。くっ。

「だって素敵じゃない結婚。女子だもの普通に憧れるわ。そうね、折角だから明日の予定にトエルさんとライラの結婚式入れようかしら？」

「「え!? 明日!? 」」

おお～。席は離れているのに二人とも息ピッタリ。

「実は、アンドレイ王子が二人の事を地味～に気にしてるのよね。ほら、ライラの告白は見てたでしょ。その後結ばれて仲良くやってるよって伝えたんだけど、たま～に二人はどうしてる？ って聞いてくるのよ。よっぽど印象に残ったんだろうね～」

あ、ライラが真っ赤になって両手で顔を押さえてる。トエルさんは両隣から小突かれてる。

「お昼か夕飯に合わせてさ。皆でお祝いしながらご馳走食べようよ」

「良いんですか一緒に食べて？ 侯爵夫妻に王子と姫ですよ？」

「これがうちの仕様ですって言えばいいんじゃない？ ほら、うちは目ぼしい物がないから、何か華やかにできないかなと思ってたのよね。準備は難しい？」

ハンクさんを見ると、ニヤリとする。

「材料はたくさんあるし料理班の腕も上がったし、余裕ですよ。お任せあれ」

その料理班のメンバーはざわついているけど、ちょっと嬉しそうだ。ハンクさんに腕が上がったって言われたのが嬉しいのか、さっそくメニューの確認をしてる。

カシーナさんを見れば、

「二人の婚礼衣装はできていますよ。種蒔きの後の予定でしたから余裕を持ってできました」

流石です。

結婚式は何組か合同でしたいと会議で出した。春と秋の割と暇のある時期に一気にやってしまおうと。皆でお祝いはしたいけど、食事量が毎回大変な事になる。毎月ご馳走をふるまうのは正直キツイので、せめて年二回、と聞いてみたらあっさり可決。料理班と服飾班の準備期間の訴えも後押しになった。

ちなみに、誕生日に関係なくこの世界は年が明けたら一つ歳をとる。誕生月にお祝いをするのは大貴族だけだ。つまんない。事務的にはわかりやすくて楽だけど。

だから年越しの食事も豪華にした。いまだに蜂蜜クレープが人気メニューだ。

「何着か予備も作ってあるので、あと二組はできますよ」

なんて仕事が早いの!?　流石です！

でも今、他に結婚の予定のある人いないのよね……どれ。

「マークほれ、ルルーに求婚せい」

「亀様口調でぶっ込んできた!?」

「だって一緒にの垂れ死んでもいいって言ったんでしょ？　結婚しても良いんじゃないの？」

「な！　なんの話を……」

マークが何かに気づいたように途中で言葉を止め、ぐるりとルルーを見る。

おお！　ルルーが真っ赤だ！　そして微妙に狼狽えている！　なんてレアな……！

「やべ、ちょー可愛い……！」

あ、うっかり口に出しちゃった。そしたらマークがルルーを抱き上げた。早っ！

「俺のだから!!　お嬢にもやらないよ！」

……はあ？

私はゆらりと立ち上がる。ちっこいのでマークを見下ろす為に椅子の上に。

「私の方が毎日ルルーと長くいるのよ。アンタみたいなヘッポコなり損ない騎士が、よくもまあ俺のだからなんて言い切ったわね！」

うぐっ、とマークが唸るが、ルルーを抱く手を弛めない。

「そ、それはこれから！　騎士はこれからなる！　お嬢には感謝してるから、騎士には絶対なる！だから！　……俺にルルーを下さい！」

「騎士が何だ！　私の方が稼ぐぞ！　毎日腹一杯食べさせられるよ！」

「うぐっ！　幸せにします！　贅沢はさせられないだろうし、お嬢の稼ぎを上回る見込みもないけど、ルルーが毎日一緒にいてくれたら俺は幸せです！　だから！　俺のできる全てでルルーを幸せにします！」

「はんっ！　マーク一人で叫んだってそんなこと叶うか！」

「うぅっ！　でも、俺はルルーが好きなんです!!」

「領地中知ってるわ！　そういうことは本人に言え！」

「ルルー！　俺！　…………ルルー？　どうした!?」

マークが見上げた時には、ルルーはボロボロと涙を流していた。

途端にマークが不安気な顔をする。

「ルルー？　……嫌だった？」

首を横に振る。余計に戸惑ったマークにルルーが抱きついた。

マークの手がルルーの背中をぽんぽんとする。

おお、マーク必殺の背中トントン！　悔しいけど気持ちいいのよね、アレ。

「俺、ルルーが好きだ。結婚して欲しい。俺が死ぬまでそばにいて？」

抱きつきながらルルーが頭を縦に振る。

マークはより強くルルーを抱きしめた。

ふと、ルルーが呟く。

「嬉しいけど、恥ずかしい…………領地中知ってるって……」

マークがハッと顔を上げる。

ニヤニヤと自分たちを眺めるギャラリーに気づくと、真っ赤になって、口をパクパクとする。

「……い、いつから？　え？　みんな……!?」

皆、ニヤニヤが止まらない。

「アンタが自覚する、ずぅっと前から知ってた！　やっとくっついたか！　私が先に成人するかと思ったわ！」

拍手やら口笛やら爆笑から、おめでとうと聞こえる。

ルルーはまだマークの肩から顔を離さない。耳どころか首筋も手も真っ赤だ。

は～、これで心残りの一つが減った。

ルルー、良かったね！

そうそう亀様の事！

《侯爵の様子を見てからで良いだろう。クラウスの兄だしな。悪いようにはせんだろう。駄目なら記憶の書き換えをすればよい》

チート発言来たー！　記憶の書き換えってどんな魔法!?　違法!?

結果、解決してない結論に落ち着いてしまった……駄目じゃん。

まあ仕方なし。そんな日もある、うん。じゃあそういうことで！

「皆！　明日もよろしく！」


「そんなこんなで、侯爵様に丸投げしようと決まったんですよ」

「……今の話はほぼほぼマークとルルーとやらの馴れ初めではないか。何を丸投げする気だ」

「あれそうでした？　亀様の話しましたよね？　彼の事をどうしましょうか？」

ただいま広間で昼食中です。結婚式はディナーで、ということになった。

度肝を抜かれた皆様の為に、急遽メニュー変更して、お腹に優しいリゾットになりました。

食欲の失せたご一行を別室に押し込め、先に領地の皆に食事を済ませてもらったので、現在広間で食事をしてるのはご一行と私ら護衛だけ。同じ食卓に着くという無礼ぶり。もはや誰も突っ込まない。

食事で一息ついたところ、亀様というワードに又げんなりするご一行。
《人とまともに接したのがサレスティアたちだけなのでな。驚かせて済まなんだ》
ぬいぐるみ亀様の言葉に目を泳がせるご一行。
「こちらこそ、取り乱してしまい失礼致しました」
流石、夫人。この短い時間でも結構胆力あることがわかりましたよ。これぞ貴族！
《そう畏まらんで良い。ここは羽を伸ばす所だ。皆、気を緩やかにすると良い》
目を丸くした夫人は微笑んだ。
あぁ、アンディたちは夫人に似たんだな。だからクラウスは王都の詰所でハッとしたのか。黒髪は珍しいしね。
《お前たちは毎日よくやっている。初めて訪れた場所で戸惑うだろうが、サレスティアたちも楽しみにしていた。貴公等が心安らぐ事を我は望む》
うぅ、亀様優しい～。
「しかしな亀様、儂は予想もできない事ばかりで安らげる気がせんよ。あの荷車や板や畑の耕し方や、大蜘蛛や貯蔵庫、目が回る思いだ……おそらく、あれだけではあるまい？」
《……まあ、そうだな》
「今後何が出てくるのか……」

ああ、侯爵はそれでげっそりしてるのか。にしても、わりと亀様と普通に会話してるけど、……順応早いな。……ハイになってるだけ？　……ぽいな。

「僕は楽しいよ。確かにビックリしてばかりで少し疲れたけれど。食事も美味しいし、これからも楽しみだよ」

「私もビックリしたけど面白かったわ。ケーキも美味しかった！」

おお良かった～。やっぱり子供の方が順応早い！

この後は結婚式もあるし、存分に楽しんでもらうのに少し休んでもらおうかな。

「まだ見て欲しい物が色々あるから、楽しみにしててね！」

三人でニコニコしてる横で、侯爵が呟いた。

「……不安で仕方がない……」

《…………健闘を祈る》

ちょっと亀様!?　フォローしてよ!?

あれ、ニックさんたちも微妙な顔してるし。

大丈夫だって！　楽しいって！

……たぶん！

五話　またのお越しを。

本日も晴天なり。

星が綺麗です。

前世も田舎育ちなので星空なんて飽きるほど見たけども、やっぱり綺麗だと思う。

あんなに懸命に覚えた星座が一個もないけど、それでも懐かしいと思う。

その星空から、ふよふよと光の玉が二つ降りてくる。

亀様に続くバージンロードの先にその大きな光の玉が止まる。

一拍置いて光の玉が弾けると、ライラを横抱きにしたトエルさんと、ルルーを横抱きにしたマークが現れた。

四人とも真っ白な衣装だ。

花嫁はそれぞれに花冠をし、ドレスも花冠の花に合わせた意匠になっている。花婿の胸元には己の花嫁の花が飾られている。

新婦を降ろす動作はゆっくりと、目が合うとそれぞれにはにかみ、そして、観客に向かってお辞儀をする。

弾けた光はたくさんの小さな光になって辺りを漂っている。

それが、ゆるりと亀様の像に向かって動き出した。
合わせて、二組の新郎新婦が進む。
《今宵、二組の新たな夫婦を迎える事を、嬉しく思う。空に輝く星の数ほどに、お前たちの日々が心豊かに過ごせる事を、我は望む》
亀様の言葉に、四人が揃ってお辞儀をする。
《新郎トエル、新婦ライラ。前へ》
二人が亀様に寄り、像に手を置く。
《二人の……婚姻を結ぶ証に、誓いの言葉が要る。……新郎トエル》
「はい」
《健やかなるときも、病めるときも、どのような時も、変わらず、妻となるライラに愛を捧ぐことを誓うか？》
「誓います」
《新婦ライラ。健やかなるときも、病めるときも、どのような時も、夫となるトエルに愛を捧ぐことを誓うか？》
「……はい、誓います」
《二人の誓いを受け取った。今この時より、二人は夫婦となった。その命の限り、二人に幸があるように、誓いの口づけを》
ライラが堪えきれずに流した涙を、頼りない顔のトエルさんが苦笑しながらハンカチでそっと拭く。

　そして、ライラの耳元で何かを囁くと、にこりと微笑んだライラの頬に手を触れ、口づけた。

　会場から拍手や口笛が聞こえる。おめでとうと誰もが祝福の言葉をかける。

　光がゆっくりとトエルさんとライラに集まっていく。光は足下をフワフワと巡る。

《新郎マーク、新婦ルルー。前へ》

　亀様の言葉に皆の視線がマークたちへ移る。そこには、ぼたぼたと泣き崩れかけたマークと、それを宥めるルルーがいた。

《…………大丈夫か、マーク？》

　思わず呟いた亀様にマークが懸命に頷き返すと、二人は進み出て像に触れた。

　ひぐっ、ふぐっ、とマークが堪える声が響く。

　ルルーが苦笑しながらもハンカチでマークの顔を拭く。

　落ち着いたところで亀様が始めた。

《新郎マーク。健やかなるときも、病めるときも、どのような時も、妻となるルルーに愛を捧ぐことを誓うか？》

「ち、誓います！」

《……うむ。新婦ルルー。健やかなるときも、病めるときも、どのような時も、夫となるマークに愛を捧ぐことを誓うか？》

「はい、誓います」

《二人の誓いを受け取った。今この時より、二人は夫婦となった。その命の限り、二人に幸があるように、誓いの口づけを》

向かい合う二人。マークは目も鼻も真っ赤だ。周りの誰もがマークが最後までちゃんとできるのか心配する、妙な緊張感があった。

「ルルー……俺……」

マークが何かを言いかけたのを、ルルーは人差し指で押さえた。

「私、マークとここに立てたらって、カシーナさんの結婚式からずっと思ってた。……とっても、とても嬉しい。……私と出会ってくれてありがとう、マーク。……大好きよ」

そうして、ルルーがマークの肩に手を置き、背伸びをして口づけた。

黄色い悲鳴が響く。

もちろん私も入ってるよ！

まさかのルルーから！　素敵だーっ！　キャ――――ッ!!

拍手やら口笛やらこっちは大忙しだ！

マークは固まっている。しっかりしろー！

ルルーはほんのり頬を染めている。

そんなマークとルルーの足下にも光が集まって、クルクルと巡り始める。

二組の夫婦のそれぞれにクルクルクルクルと回っていたのがピタッと止まると、光たちは一瞬で夜空にかけ上がり弾けた。

音のない花火に歓声が起きる。

光はまた、ふよふよと降りてくる。ゆっくり、ゆっくりと降りて、ギャラリーを含めた辺りに漂う。

ほぅ、と、息を吐く気配があちらこちらにある。

うっすらと光沢のある白い衣装に、漂う光が淡く反射する。

夜に、ふわりと輝く二組の夫婦。幸せそうに笑ってる。

歌が聞こえる。

インディの明るく伸びやかな声が会場に響く。それは、お祝いの歌。今夜は少しだけ厳かに歌い上げる。

屋敷の玄関前で歌うインディにスポットライトがあたっているように、小さな光が集まっている。

そのインディに向かって、二組はゆっくりと歩き出す。

歌いながら、インディが花嫁たちに両手を差し出す。

ライラとルルーは、夫と腕を組んだまま、インディの手に自分の手を乗せた。

瞬間。花が溢れた。

それはギャラリーまでも巻き込んだ光と花の大波だった。子供たちのきゃあきゃあと言う声が聞こえる。思わず頭を押さえてしまう人々。

ふっふ～、幻ですよ～！

その波が去った時にまた、歌が聞こえてきた。今度はいつもの三人の声で。

騎馬の民の、少しオリエンタルな模様の揃いのドレスに身を包み、歌姫三人で喜びの歌を歌う。

新郎たちは、今度は少しゆったりとした服に変わり、トエルさんは弓を、マークは剣を持って、ふわりと剣舞を始める。

ふわり、くるりとする度に、弓や剣から花が舞う。

そして歌の終わりには、トエルさんが天に向かって光の矢を放つ。

また、夜空に花火が咲いた。

大歓声の中、五人は並んでお辞儀をした。

チリンチリン
可愛い音が聞こえる方を見ると、二つのカートを従えたハンクさんがベルを鳴らしている。

インディがハンクさんの所へ行き、二人で花で飾り付けられたケーキを運ぶ。それぞれの夫婦の前に置き、ハンクさんがそれぞれにナイフを渡す。

夫婦で手を握りあうようにナイフを持ち、ゆっくりとケーキ入刀。

「おめでとう」

ハンクさんのお祝いに大きな拍手がおきたら、マークの涙腺が決壊。

歓声と爆笑と、愉快に混沌とした中、そのまま食事会に。

やっぱり今日のご飯も美味しい！　そして美しい！　サラダのニンジンが飾り切りに！　キュウリが！　大根が！

お肉のつけあわせ野菜も綺麗に盛られて、食べるのがもったいない～！

「食べるのがもったいないですわね……」

夫人が思わずといった感じで呟いた。

「肉が！　こんなに厚いのに柔らかい上にこの旨味！　どういうことじゃ!?」

蜂蜜酒に少々漬け込んで、ハーブ塩で味付けした大豚の肉も好評のようで良かった！

あ、ハーブ塩、お土産にいります？　結構使えますよ～。

「スープが美味しい……」

ありがとお兄ちゃん！　たくさんのクズ野菜を煮込んで作ったんだよー……クズは内緒だな。

「お昼のケーキと違う！　チーズみたいな味がするのに、ケーキ……なんで？」

おお！　この国にはチーズケーキってないの？　なら、売れるかも！

侯爵家ご一行の思わず漏らした言葉を脳内にメモしながら自分も食べる。

は～、うま――っ!!

実に有意義な食事会になりました。


……余談。

酔っ払った二人の新郎が、うちの嫁の方が可愛い美しいと喧嘩を始め、殴り合いに。酔っ払った観客が煽りに煽って収拾がつかないと、その嫁たちが私の所へ来た。

……ほうほう。祝いの席で嫁を比べて殴り合いだと？

人間用ハリセンで二人とも夜空の星にしてやった。

嫁を比べるとは何事だ!!

うちの娘は皆もれなく可愛いわっ！　馬鹿者が!!

煽った奴らは二人を探しに行け！　千鳥足でしっかり探してこいや！

◆

「お嬢よ、〝歯ブラシ〟とは素晴らしいな！　留守居の者たちへも欲しいのだが在庫に余裕はあるか？　もちろん支払うぞ」

昨夜の喧騒後、侯爵ご一行を屋敷に準備した来客用の部屋へ案内した時に歯ブラシの説明をした。

この世界にも歯みがきという行為はある。が、指で歯を擦るというもの。まあね、それで虫歯にならないのだから放って置いていいのだろうけど…………ザラザラが、歯のザラザラが気になるの!!

ということで、ずっと「毛」を探していた。大豚は毛がないし、大イノシシは剛毛過ぎる。兎っぽいやつの毛は柔らか過ぎて、ネズミっぽいのはちょっと使う気になれない。定番の馬毛かと思ったのだけど、こっちの馬は毛の伸びが遅い様子。馬をハゲたままにはできん！

アレコレと探して試している内に、騎馬の国で見つけました！

狼の毛！　コレが丁度良かった！

騎馬の民にとって狼は基本、敵ではないらしい。仲が良い訳でもないが、丁度いい距離を保っているのだそうだ。狼は遊びで狩りをすることがないそうなので、獲物が被った時は狼に譲るそう。人間が保存食を必要とする時期は、狼はあまり狩り場に姿を現さないらしい。

狼との共存。なにこのロマン！

夏毛冬毛を半々に混ぜたものが標準歯ブラシの普通とやわらかめの中間の硬さで、私的にはベストの出来。

毛を集めるのに一年かかるけど、まー、何頭いるのか、毛の抜ける時期に使ってもらおうと作ったフェンス（鉄製。ひし形模様の、うっかりよじ登れるヤツ。高さ一・五メートル、横三メートル。折り畳み式）に、毛がびっしりくっついているのを見た時には、ちょっと萎えた。

いや、使い方を教えてもいないのに気に入ってもらえて嬉しいよ!?　予想以上の毛の回収量にげんなりしただけだよ!?

で、それを丁寧に洗浄して整えて、トレントの端材をつるりと滑らかに加工したものに差し込んで固定。口の中に入れる物だから気を遣いましたとも。いやあ、細工師ネリアさんにほっぺを摘まれた。お弟子たちにも摘まれた。

ふゅみまへん。

できた物で、まずは奥さまお母さまたちに歯みがき講習会。歯みがき粉はまだないので、何もなしか塩少々。持ち手はこう、力はこれくらいで小刻みに動かします。と私が誰かに実践すると、くすぐったいと散々だった。いやいや、自分でやるとそうでもないから！

さあ！　子供たちと旦那、恋人に試すがよい！

朝の歯のつるり具合にハマる人続出。ね！　良いでしょ？

というわけで、侯爵たちにもおすすめしてみた。口に入れる物ということでだいぶ警戒してる中、やはり率先された夫人。素敵！

自ら使用し、その後旦那様、孫たちに実践。

子供への磨き方をカシーナさんと私で説明。子供が大人の膝へ頭を乗せ仰向けになるあの格好。ちょっと恥ずかしかった……。歯の裏や奥歯を丁寧にしてあげてくださいね。まあ、孫二人はそこそこ大きいから自分でできるだろうけどさ。

今、侯爵がこう言うということは、寝る前にも使ってくれたのかな？

使用済みのはコップとセットでお持ち帰りいいですよ～。コップは、端材を合わせて作った玄人仕上げです。土木班がいい仕事しました！

……歯ブラシ製作で気の立ったネリアさんに仕事を回さないでと親方たちに土下座した甲斐があった。うん。

お土産分は遠慮なく代金をいただきます。

やった！

さて、昨夜は散々食べたので今朝は軽くヨーグルト。いやあ、できるもんだね！　ハンクさんがヨーグルトを知ってたから材料が揃ってから出来上がりまでが早かった。蜂蜜を好きなだけかけてどうぞ。

私らはサンドイッチを自作。料理班のメンバーも半分が二日酔いなので、準備の楽なバイキング形式。具材は昨夜の準備中に用意していたもの。食べ盛りがたくさんいるから、あっという間に具の皿が空になり、すぐさまおかわりが盛られる。

……量のオカシイわんこ蕎麦みたい……

ちょっと乗せすぎた具を無理矢理耳付き食パンで挟んで行儀悪くかぶりつく。あ、こぼれた。皿の上だからオッケー！　ああ、ウマイ！

「ふふっ！　はしたないけれど、美味しそうに食べるわねぇ。その四角いパンは？」

ヨーグルトを食べ終えた夫人が笑った。

「これは、食用パンと言いまして、こうやって食べたい為に作りました。四角い型に入れて焼いたものを食べやすい厚みに切ります。夫人も少し召し上がりますか？」

「食べたいけれど、まだお腹がいっぱいだわ」

「ではお昼に食べましょうか。もちろん、こぼれたりしないように食べやすい物を用意します。ふふ、昨夜は特別な日用の晩餐でしたので、つい食べ過ぎてしまいました」

「朝からその量を食べていて何を言うのか……」

侯爵、そこは乙女の秘密ですよ。

「本日も色々案内をさせていただきますので、体力をつけないといけません」

気付いたようにげっそりする侯爵が面白い。

色々あるのか、とぽつりと言う。楽しみだねと言い合う孫兄妹を遠い目で見ていた。

今日はまずは書斎からですよ。

「ふむ。綺麗にまとめられておる。誰が引き継いでもわかり易いだろう」

「兄上が教えてくださったからです」

帳簿の確認をした侯爵にクラウスが少し頭を下げる。保管庫に貯蔵されてる十年分の食料に侯爵はフラッとなったけど、それ以外は特に不備はなかったようだ。

気になるかと思って、スケボーやらホバー荷車の製作手順と使った魔法を書いた物も準備した。それを見た侯爵は難しい顔をする。

「儂が見ても魔法はわからんのだが、見てもいいのか?」

「いいですよ。夫人の車椅子に不具合が表れましたら、それを元に修理か新しい物を作り直してもらってくださいね」

侯爵が愕然とした。

「お前は魔法使いとしてもおかしい。普通は自作の魔法は弟子以外には教えぬものだぞ」

弟子って。もともと領地には私以外魔法使いはいないし、他の魔法使いに作ってもらえなければ、今後誰が車椅子を修理するのか。困るのは夫人だ。

「おかしい」自覚はある。そうでなければ復興できなかったかもしれない。

だからいいんだ。「変人令嬢」だし～。

「悪用しようとすると亀様が動くという保険があるので特に心配はしてません。遠慮せずお持ち帰りください」

　にこりとしてみた。

「それでは、逆に恐ろしい物になるわね」

　眼鏡をかけた夫人がクスクスと笑いながらこちらに来た。車椅子を滑らかに操作してる。手すり？　の先のレバーを使って方向転換したりブレーキをかける。上手いな～。

　車椅子と言っても別に折り畳み式にしなくてもいいので、座り心地重視の足置きのある脚のない椅子である。

　背もたれに取っ手が付いていて、従来通り誰かに押してもらえるし、手元のレバーで自走もできるタイプ。低反発と高反発のどちらのクッションも作り、その日に楽な方を使ってもらう付け替え式。手元のレバーのブレーキを固定すればその場から動かないようにも設定。とりあえず思いついたものは詰め込んだ。

　それと、度の合っていない眼鏡のレンズ部分を取り換えた。

　夫人の血が欲しいと言えば、案の定夫人以外がざわついたが、本人はアッサリと針を受け取り、指から採取させてくれた。もちろん即治療。

　視界が良好になると、昨夜の花嫁衣装をじっくり見たいと言う。どうぞどうぞ！　是非！

「眼鏡を魔法で作るとは……」

　レンズ部分だけですよ。フチは細工師に発注です。魔法陣、お付けしますぜ、侯爵。黒魔法だろうと上手く使えば経済的ですよ～。

「欲がないのか欲深いのか、よくわからんな……」

欲深い方の自覚はあります！

「お嬢様だからこそできたという可能性もあります。兄上が検証してくださいませんか？」

ん？　魔法使いなら皆できるんじゃない？

「……そうだな。下手な所に持って行って変に広まってもいかんだろう。わかった。眼鏡の魔法陣も貰おう」

まあ、検証は大事よね。特許があるなら取ってしまいたいな～。そしたら領地にいくらか入るよね？　……私がいないと無理か？

「あの、私（わたくし）のも、眼鏡をお願いしたいのですが……」

控え目に侍女さんが聞いてきたので二つ返事で作ってあげた。彼女のは片目用だったので、ネリアさんに予備のフチを調整してもらい、新たに両目眼鏡にした。

うわっ、この細い所に飾りが！　……ネリアさんもオタクだよね～。

「軽い！　痛くない……！　それに、とても良く見えます！　ああ奥様！　また奥様の刺繍のお手伝いができます！　サレスティア様、まことにありがとうございます……」

感極まった侍女さんが私の手を両手で握る。ネリアさんの手も握る。お役に立てて何よりです！

え、お支払いいただける？　ありがとうございます！

ちょっと脱線はあったけど、残りの領地視察に出発。

服飾関係の建物を新たに建て、染織棟、機織り棟、服製作棟でまとめてみた。おかげで今回の見学が楽でした。

夫人以下女性陣は服飾班のメンバーとあっという間に意気投合。なぜか何着かのドレスの注文をしていた。

……まあいいですけどね……うちのお針子仕事早いから。

え？　今度は夫人作の刺繍を持って来て？　それに合わせた染織を？

「生き生きしとるのぉ……」

……ならば良し。好きにしてください。料金は後程擦り合わせましょうね。


土木倉庫をさらっと見て、鍛治場では今度は男性陣が懐刀に反応。折り畳み式のサバイバルナイフに興味津々。重さは？　強度は？　と親方たちを質問攻めに。

土木班、鍛治班の共同製作。元は、避難袋にナイフを常備するのに、子供たちには危ないのではないか？　というとこからの製作である。剣のように鞘を付けるか？　と始まり、私の、折り畳み式にすれば？　の一言が採用。使用する時は果物用のペティナイフくらいのサイズになったので、携帯用包丁としては良しとなった。

で、ペーパーナイフをこの仕様にして欲しいと、こちらも発注された。ポケットに収まり、握りの丁度いいもの、だって。

……まあ、親方たちも工作好きだからね。好きにしてください。料金は以下同文。

「なんじゃあこりゃあ……!?」

侯爵、その台詞昨日も言いましたね。

私が今回侯爵たちに一番見せたかった物、それは、ジェットコースターです！

観覧車も造りました！　メリーゴーランドもあります！　そしてうちの定番、トランポリンハウス！

遊園地と呼ぶには物が少ないけれど、子供たちの意見を重視して製作しましたー！

あ、ジェットコースター以外はうちの大人たちにもまあまあ好評でした。

なので、ジェットコースターからいってみた。

ぎぃいやあぁぁあぁあぁあぁぁぁぁああぁ!!!

流石侯爵、声が通る。

乗車後、救護所を使ったのは侯爵だけでした。

アンディはジェットコースターをとても気に入ってくれたようで何回も乗ってくれた。レシィはメリーゴーランドがお気に入り。アンディと馬に乗り、夫人と馬車に乗り、とても喜んでくれた。

夫人はゆっくり動く観覧車が良かったと言ってくれたし、侍従さん、侍女さんたちも、それぞれに気に入った物に二、三回ずつ乗ってくれた。

アンディとレシィはうちの子たちともトランポリンを楽しんだ。

「どうですか、これ？」

「……儂には……無理じゃぁ……」

スライムに似せた氷嚢(ひょうのう)もどきをおでこに乗せて横になっている侯爵は小さな声で返してきた。

合掌。

昨日、結婚式の前にサリオンを一行と会わせた。

といっても、赤ちゃん部屋にお越しいただいたのだけど。

四才にしては随分小さい体に誰もが愕然とした。

サリオンの目は、やはり誰も映さない。

綺麗な黒髪に反応するかなという淡い期待も無駄に終わった。

何の反応もないけれど、柔らかくした食事ならなんでも食べるし、便にも特に異常はないと説明。

サリオンをずっと世話してくれた、父の所で働く侍従にだけ微かな反応があるというと、夫人は少し笑った。

「そう、ちゃんと拠(よ)り所があるのね」

そう言ってサリオンを抱き上げてくれた。

親が、親に代わる人さえいなかった子。

今、たくさんの当たり前の愛情を注いだところで、その受け方を知らないだろう。

長い時間が必要になる。

弟だから、一緒にいたい。この子が自立するまでは。

この先、私にそれが許されなくても、私の信頼するたくさんの人がここには居る。サリオンを生かしてくれたクインさんたちも居る。

私のしたかった事を、きっと、サリオンにしてくれる。

子供たちに、してくれる。

だから私は、両親を告発することができる。

「胆の据わった娘じゃ」

アンディとレシィは微妙な顔をしている。

「どういう結果になるかまだわからないけど、友達なのは一生変わらないわ。まだまだヨロシクね！」

レシィは抱きつき、アンディは私らをまとめて抱きしめた。

その後は三人でサリオンに色々話しかけた。

迷子事件だったり、レシィの誕生日の話だったり。内緒だった巨大花束をうっかり言っちゃって、レシィを宥めるのが大変だった。……うん。ごめん、アンディ。

この楽しい雰囲気が、サリオンに伝わってますように。

「またねサリオン。今度は一緒にメリーゴーランドに乗ろうね！」

　レシィが私の背中のサリオンの手を握る。

「またね、サリオン。今度は僕にも背負われてね」

　アンディは逆の手を。

　なんと、絵本の読み聞かせがとても上手だったアンディはチビっ子たちに揉みくちゃにされ、歳のわりに髪を結うのが上手だったレシィは女子たちに囲まれている。侯爵たちは親方と握手を交わし、夫人たちは服飾班と何やら話し込んでいる。

　……馴染むものねぇ……。

「どうしたんです、お嬢？」

　ハンクさんがお土産用のチーズケーキを包んだものを持っている。

「ん～、侯爵家の人たちがすごく馴染んでるな～と思って」

「あ～。そうですね～。まあ、亀様がくつろぐように言ったからじゃないですか？」

　そう言いながらハンクさんは私の背中にいるサリオンを撫でる。

「領地の人間を受け入れられるほどの器ってことなんじゃないんですか？」

　確かに、おおらかな人たちだわね。

「ここまで馴染む貴族様って、なかなかいないと思うな～」

　ニックさんも隣に来てサリオンを撫でる。

　やはり侯爵ご一行は規格外か。

「そうなるとあんまり今後の参考にならないわね。あ〜あ、貴族が皆侯爵たちみたいなら良かったのに」

「無い物ねだり」

ニックさんに釣られてハンクさんも笑う。

「まあ、そのおかげで俺ら生きてますけどね」

ルイスさんも来てサリオンを撫でる。

確かにと頷く男たち。

だってないならどうにかしなきゃ。魔法が使えて本当に良かったよ。

「頼まれた物は全部保存袋に入れましたよ」

「ありがとルイスさん。現金で受け取れば良いのよね？」

「はい。クラウスさんも一緒に行くんで心配いりませんよ」

そうだった。任せよう。

てか、いつ出発するんだろ？

「ではまた来月来るから、その時に」

侯爵の一言が締めらしかったが、来月!?　今回の一泊二日は無理矢理だったんじゃないの？

え？　その為に仕事する？　えぇ!?

「次からは宿泊費も払うぞ」

……左様で。

「この歳になってこんな楽しみができるなんて思ってもみなかったわ。眼鏡もあるし、車椅子もあるし、ぼんやりしてはいられないわ！」

……何よりで。

「お嬢、僕、休みが取れるように色々頑張るよ。新しい乗り物ができたら乗せてね」

……かしこまり。

「お嬢！　私も勉強頑張る！　結婚式の時の光る魔法を覚えるわ！」

……がんばって。

何やら皆さん目が爛々としてるのだけど、え～、滞在は思いのほか楽しんでもらえたということでＯＫ？

振り返ると、クラウスたちが苦笑している。

《では、参るぞ》

そうして一呼吸すると、風景がラトルジン侯爵邸の広間へと変わっていた。

「凄いな……」

アンディが呟く。本当にね。

「瞬間移動（これ）を習うには誰に頼めば良いでしょうか？」

「アーライル学園の学園長だろうが、学園の魔法科を卒業してからになるだろうなぁ」

「むぅ。飛び級すれば早く卒業できますか？」

「飛び級は大変な事だぞ？　まあ、やれるだけやってみなさい」

はい。と元気良く返事をするアンディ。頑張り屋だよ。ほどほどにね？

この間に侍従たちはテキパキと動いていた。留守居方のお出迎えが続々と現れ、荷物を抱えて行く。

瞬間移動にも夫人の車椅子にもあまり驚かない……凄いなプロは。

後にわかった事だけど、実は大騒ぎだったらしい。それでも顔や態度に出さないのが格好良い。見習おう。歯ブラシ、気に入ってくれるといいな〜。

では、侯爵たちを無事に帰しました。品代も受け取りました。

領地視察、お疲れさまでしたと言うと、

「また来月よろしくな。日にちはアンドレイを介して連絡する」

侯爵が笑った。

「じぇっとこーすたー以外は次は乗る」

キリッと言う侯爵が可笑しくて、留守居以外の皆で笑ってしまった。

「お嬢よ。正直なところ、儂は迷っている」

はい？

「今回、後任を誰にするか候補を何人か挙げてからドロードラング領に向かったのだ」

一応予想の範囲内の事だ。てか、むしろそれを目的としているとこちらもわかっていた。何を迷う？

「予想と想像を遥かに越えていた。……直ぐには決定は出せん。儂の知りうる人間は常識人しかおらぬのだ」

……………………………………………え～と？

ぶふっ。

すぐそばで誰かが噴いた。

「……ちょっとクラウス、笑うとこ？」

「す、すみません。ふふ、兄の言い分が、ふふっ……常識人……」

クラウスが、声を必死に抑えているけど、アンディ、夫人も笑いだした。うちに来た侍従さん、侍女さんも肩を震わせている。レシィや留守居の皆さんはキョトンとしている。ああ、レシィ可愛い！

「後任は改めて探すが、サリオンはお嬢の望む通りになるように計らう。それだけは約束する」

口約束だとしてもとても安心できた。真面目なこの人はきっと守ってくれる。夫人の前での発言は、きっと叶えるという証しなのだろう。夫人が優しく頷いた。

サリオンがずり落ちないように、深く、頭を下げた。

次は、領地もと言ってもらえるようにしよう。

残された時間でやれるだけしよう。

ふと、クラウスを見上げた。

私を見下ろすと、にこりとする。

「お嬢様が伸びやかに過ごされますようにお手伝い致します」

「うん、ありがと」

クラウスの後ろには領地の皆もいる。

私の守るもの。

《我も手伝うぞ》

「ありがとう」

亀様も、私の守るもの。

「クラウス。お嬢をこれ以上伸びやかにさせるな。もう手に負えんのだぞ……」

領地に戻っても、クラウスと亀様はしばらく笑っていた。

……侯爵め！

六話　まさかのお客です。

約一ヶ月後、お兄ちゃんことアンディからラトルジン侯爵の訪問の連絡があったので、その日迎えに出たら予想外の事態に見舞われた。

「いやあ、すまんなぁ……こういう事になってしまった」

申し訳なさそうな侯爵を恨めしく見つめると、すまん！　と両手を合わせて頭を下げられた。

その侯爵の後ろに控えている侍従にまじって、辺境田舎領地だろうと貴族なら成人前の子供でも知っている顔が二人いた。

二人、である。

……なんだってこの二人なのか……いや、ある意味話が早くなると喜ぶべきか……

挨拶の為に膝をつこうとすると、その一人が手で止めた。

「そんな挨拶はいい。今回私は侯爵の侍従だからな。畏まらんでよいぞ」

……面倒な設定で来たなぁ。

「そうじゃ、ワシらはただの侍従じゃ」

侍従の仕事舐めてんのか。

私は大きなため息を隠しもせずに吐いた。

それを二人は面白げに見ている。

「お伺い致しますが、お二方は侯爵様とご一緒に一泊のご予定でしょうか?」

「いや、日帰りだ。夕方には戻りたい」

「畏まりました」

「畏まらんで良いと言うたのに」

「……はあ、ではおいおいということでご容赦下さい」

鷹楊に頷く国王と学園長。

繰り返す。

国王、と、学園長。

なにこの面子(メンツ)!!? やってらんねぇよっっ!!

「ご免なさいね。私が張り切って動き出したのがいけなかったようなの。それまでは屋敷からも出なかったのに車椅子(コレ)もあっという間に見つかってしまって……」
「僕も、急に前倒しで勉強を進めたから変に思われたみたいで……」
「私も魔法の勉強を急に始めたから……」
「検証を頼んだ魔法陣が巡りめぐって学園長に渡ってしまってな〜、呼び出されたのだ……」

四人がそれぞれ言い訳をする。

日常に張りが出たのは何よりですよ。単純に嬉しいです。

魔法陣だっていつかは追及されると織り込み済みでした。

だけど！　国王と学園長がまずやって来ると！　誰が予想してたよ!?　最後の最後だろうよ!?　会うならば謁見の間あたりの断罪シーンだと思ってたのに！　ツートップのフットワーク軽すぎだろう!?

「お嬢様、まずはお茶にしましょうか？」

ご一行を連れて領地に戻ってもまだパニくってる私をクラウスが気遣う。

流石クラウス、平常運転ね。

「いえ驚いていますよ。ただお嬢様の驚きように冷静になっただけです。私はお嬢様の侍従ですから、主の動揺を助けなければいけません」

にこりとするクラウスに私も少し冷静になった。よし、仕事しよう。

「では改めまして、皆様おはようございます。案内を務めますサレスティアです。どうぞよろしくお願いします」

現在午前九時過ぎ。朝から準備が大変だったろうから軽くお茶にしませんかと提案。

よく見れば、他の侍従さんたちの顔色が微妙に悪い……ですよね！　うちの料理長新作のクリームプリンでしばしの現実逃避をどうぞ！

「うまい！」

侍従だからと、侍従さんたちと同じテーブルにつこうとしたのを、侍従さんたちも今日はお客様なので、ゆったり座っていただきます！　と押し切り、問題の二人を侯爵たちと同じテーブルへ。ほら！　六人ずつで丁度いいでしょう！

侍従さんたちは総入れ替えではなく、前回スケボーに興味を示した侍従さんと、眼鏡を作った侍女さんが今回も参加。二人ともそっと目礼したので、私もそっとサムズアップしておく。

……しかし……

「なんだ？　顔に付いているか？」

優雅にナプキンで口周りを拭く王。

「いえ。……執事服が似合わないなぁと思いまして」

皆噴いた。あ、ごめん。

「ほら、だから言ったでしょう。ほっほっ」

「学園長もですよ」

はっはっは！　と今度は王が笑う。

「二人みたいな偉そうな侍従見たことないですよ。変装が下手ですね」

ピシリとあちこちから聞こえた気がした。あ、ごめん。

「最初に確認したいのですが、お二人は何を目的にいらしたのですか？」

「なんだ、聞けば答えるのか？」

「まあ、侯爵様には全てをお見せしましたので、もう今更ですから。時間は限られていますし、本題を片付けて後はゆっくりしていってほしいです」

　王が目を丸くする。

「変ですか？　遊んで休んでもらうという観光地にしようと思って領地改革してますので、ついでに感想を教えてください」

「観光地？」

「ご存じでしょうが我が領は売り物が弱いのです。量産がまだ難しいので、売りに出るだけで売上げがなくなってしまいます。なのでお客にこちらに来てもらえればと思い、観光地化を目指しています」

「ここに？」

　まあ、現状難しいだろう。なんたって奴隷王の出身地だ。領地に一歩足を踏み入れたら売り飛ばされる、くらいは思われているだろうな～。

　せっかく来てもらったからには王家御用達な看板をもらいたい。

　私がいなくなっても遊具は消えたりしないからね。

「ワシは魔法の流れを見たい」

　学園長がすぐに言った。

「畏まりました。では休憩中に眼鏡から作りましょうか。え～、眼鏡を必要としている方はいらっしゃいますか？」

　見回すと国王と学園長が手をあげた。

……なんなのこの二人……

二人の向こうで、おずおずと手をあげた侍従さんと侍女さんが二人ずつ。あ、今回は眼鏡ツアーか。さっそくネリアさんに眼鏡のフチを在るだけ持ってきてもらう。

今の魔力の流れは何だ？　との学園長からの質問には通信機ですとだけ答え、私のイヤーカフを渡した。

まずは侍女さんからフチを選んでもらう。先にお二人に、と震える侍女さんに、「世界共通で女性に優しくですよね？」と彼らを圧す。で、ネリアさんが調整する間に侍従さんにも選んでもらう。

「今日は侍従ということなので、先輩からですよね？」とまたも圧す。

で、最後に二人のもとへ。

「ほぅ！　なかなかの技だな！」

フチの細工への王のお誉めの言葉に軽く礼をしつつも全く動じる事なく調整するネリアさん。学園長にも同じく。……格好良い！

カシーナさんに針を持ってきてもらい、今度は侍従さんから針を使ってもらう。ちなみに針は一人ずつ消毒を繰り返しました。目の前で消毒を繰り返した方が安心するかと思って。

「そんな量で？」

ひとしずくにも満たない血の量を見て、製作中に学園長が呟く。

「眼鏡のレンズなんて小さいですので、このくらいあれば間に合います。問題点を挙げるなら、血を出すのが苦手な人は無理だろうということと、本人にしか丁度良くないので眼鏡を誰かに貸すことができないということでしょうか」

説明してる間に完成。ハイ、次の方〜。

流石に学園長の血は凄かった。私の魔力をほとんど使わずにすんだ。

国王のも同じく。王家の血には魔法の素質が混ざっている。直系はバランス良く魔法が使えるらしいが、王家特有の光魔法が王族の証拠だという。へ〜。

王の時は、針を刺すのに周りの方が緊張したのは仕方がない。

出来上がった物を二人でお互いに交換して見てる。

「おぉ、確かに見辛いな」

「なんとまあ……」

「お代はお支払いいただけますか？　それとも賄賂にしますか？」

冗談のつもりで言ったのに、王は目を細める。

「賄賂の見返りは何だ？」

「私の弟、サリオンと領民の保護です」

乗ってきたのでスルッと言ってみた。

王はニヤリとして、高くつくなと言った。

「それを成(な)すためにない頭から策を捻(ひね)り出しているんです。眼鏡一つで済むなら逆に相手を疑いますね」

「ワシは賄賂でもいいぞ」

「色々面倒になるので金を持ってるヤツは払いやがれでございます」

そう学園長に返すとまた空気がピシリとなった気がした。

はっ！　背後に冷気を感じる……

そうだ、カシーナさんがいたんだ……しまった――っ!!?

国王ご一行は、子供のようにホバー荷車をあれこれと見て触り乗って騒ぎ、畑やら家畜小屋やら、作業小屋、保管庫、大蜘蛛飼育場、羊・馬牧場を幼稚園児の遠足のようなテンションで通り抜け、亀様の所へ。

《お初にお目にかかる》

やはりどんな人でも驚いた時は口が開くようだ。

玄武……と学園長が呟く。

ハッとすると《通称だ、真名ではない》とすぐに聞こえた。

ホッとした。

「まさか、生きている内に幻の四神にまみえることができるとは……」

《我も今回は人間と関わる事ができたのでな。末長くよろしく頼む。せっかく此処まで来たのだ、

時間の限りくつろぐと良い》

おお！　亀様があからさまに釘を刺した！

王と学園長がひきつった。

《そうだ、お前たちの護衛はどうする？　侯爵の屋敷ではサレスティアの視界に居なかったのでな、連れて来てはいるが領地の外に置いてあるぞ。ただの見学というならば合流させるが？》

「なぜそれを!?」

学園長が驚くので、ずっと抱っこしていた亀様ぬいぐるみを左右に振ってみた。それを見てハッとする学園長。亀様本体と見比べる。

「転移は、玄武の技か……！」

ハイ正解～。学園長、解読頑張って下さい。私にはまだ無理です。

四神――青龍、白虎、朱雀、玄武。

水、風、火、土に属したそれぞれの魔物のボスを指す、らしい。

名前だけならば前世の兄がやっていた別ゲームのレアボスだったので、やられては騒ぐ姿を見ていて知っていた。四頭もレアボスって、レアじゃないじゃん、と思ったのは内緒。

まあ、ゲームだし。

王家は神の末裔となっているが、かといって一神教でもない。敬う一族ではあるが、その土地毎に奉られる神様はそれぞれにいたりする。

が、それにもあまり拘らない。宗教はかなり自由だ。

ちなみにドロードラングでは祀る神様は特にいないけど、最近は私が騒ぐから皆もなんとなく太陽信仰だ。洗濯物が気持ちよく乾くからね！　晴れた方が作業が捗るし！

もちろん雨も大事。作物が育つし、水が確保できる。風がなければ季節も変わらない。雪だって、あの踏みしめた時の感覚は他にはない貴重な物だ。今じゃ年明けに領地あげての雪合戦大会が催される。

騎馬の民にも草原なりの神様がいる。狼はその眷属だとかいう話もあるらしい。長い歴史の中で廃れることもある。でも、それによる祟りも特にない。

てきとうなのか、おおらかなのか。

どんな世界でも神様とは、人には計り知れない存在だと思う。

この世界での四神は特にレアではない。

魔物だから、数十年かに一度の頻度で現れては討伐されている。まあ、被害は甚大になるので「神」と呼ばれ、現れるのは嫌がられているけど。

討伐の様子は、お伽噺やら劇になって語り継がれてる。よく聞く昔々〜と始まるヤツだ。

ただ、四神のうち、土の属性だけは確認されていなかった。ゆえに玄武は、「幻の四神」とよばれていた。

レベルの高い魔物は人語も話す。その人語を使う土属性の魔物自身が、己は玄武ではないと言う。

なぜ学園長が亀様を「玄武」と呼んだかというと、何代か前の学園長が討伐した青龍が、玄武についての質問に、大きな亀だと教えてくれたらしい。たったそれだけ、代々学園長に引き継がれて行く資料に残されていたそうだ。

地面が揺れると国が消える。

かつて国のあった土地は荒野に変わる。生き残りなど誰もいない。微かに残った魔力が土属性を示すだけ。

それは「気まぐれな国潰しの大精霊」の行いであり、「四神の玄武」とは別物だ、というのが通説だった。

他の四神には討伐の記録がある。だから、玄武が現れても被害はあるだろうが討伐できるだろうと思われていた。

しかし「国潰しの大精霊」は無理だ。生き残りがいない。そして、被害が他の四神の比ではない。

二年前の国の端で地面が揺れたとの報告に学園長は青ざめた。

報告は鳥で届き、三十秒程の揺れで収まったとのメモの到着がその揺れの日から五日経っていたことから、学園長は訝しく思った。

地面が揺れるということは、どこかの国がなくなっているということだ。そしてその揺れは七日七晩続くと伝承にはあった。

なのにどこからも、何の報告もなかった。

震動の発生源と思われるドロードラング領に、なぜか弾かれて入れないという報告以外は。

当主は奴隷売買に手を染めていたが、領地については文字通り何もしていなかった。放置である。

領地の収支報告を無理を言って王に見せてもらったが、この収支で経営を語るなという程の物だった。その貧乏領地に魔法使いを集めたという形跡もない。傭兵を集めたという噂すらもない。

何も変わらない。

確か隣国とを隔てる山脈があった。それが崩れた影響で響いただけか、と一応の納得はしてみたが、領地に入れないというのはなぜなのか？

気にはなるが、変化や異常が何もない以上、構ってはいられない。第一に自分は学園長であり、学園の生徒の教育を任されている。優秀な魔法使いはほぼ学園の教師であり、他は貴族お抱えなのだ。無理を頼めない。

月に一度のドロードラング領の偵察を騎士団から借り受けた兵士に頼んでいたが、魔力を持たない者でも目に見えない壁に阻まれるのは変わらなかった。

一人モヤモヤとしながら過ごしている内に王都で強大な魔力の動きがあった。

大道芸広場だ。王城のすぐそば。

結局それも正体のわからない芸人一座のやったもので、花を咲かせて王都住民を喜ばせていなくなった。

隣国で活動する一座と知ったが、問い合わせてもやはり正体はわからなかった。

その答えが目の前にいる。

『ラトルジン侯爵から預かったがよく解らん』と、部下から見たこともない魔法陣を見せられた。

それも二つ。既存の物に似ているが細部が違う。

ラトルジン侯爵には魔力がない。

その魔法陣の紙を持って侯爵家に行き、奥方の車椅子を見つけてしまった。

魔法使いは特別だ。その数を確保する為に世間をそう操作したからだ。

だから無駄に気位が高い。他の職業に就く者を蔑む傾向にある。

この車椅子のように、魔法使いと職人の技を合わせた物は少ない。

目が覚める思いだった。

誰が作ったのか、侯爵はあっさりと教えてくれた。

お主の元まで届くとは、なかなか難儀な物なのだなと言いながら。

来月付き合えとも言われた。

国王に、そういう訳で来月休みを取ると言うと、自分も行くと言う。

『休みは取れんが半日どうにかする。ラトルジン侯爵の所に行ったアンドレイとレリィスアが変なのだ。今までもなかった訳ではないが、最近意欲がありすぎる』

『安全面を考えればあなたは動いては駄目だろう』

『お前が居るなら安全面は変わらん』

そんなやり取りを経て、当日侯爵の屋敷に行くと、先に着いていた王子と王女が真っ青になった。

王女は泣き出し、兄王子に引っ付いた。

お父様が来た～！

本気で嫌がられている事に少し凹んだのか、肩を落とした。それを見た侯爵夫妻は苦笑している。

『大丈夫だよ。お嬢はそんな事じゃ怒らないよ。そうだ、お父様と学園長には侍従のふりをしてもらおう。それなら問題ないよ。お祖父様の侍従ならお嬢の領地に何の権限もないよ』

そう宥める兄王子の言葉に納得したのか、王女はこちらをじとっと見た。

その父は撫で肩のまま、その案を受け入れた。お嬢って誰だと呟きながら。

あ～、だからなんか二人とも変なのか。

二人のそばに行ってレシィを抱きしめた。そうするとアンディが私らを抱きしめてきた。ふふふ、いいよねこれ。

「心配してくれてありがとう。嬉しい」

「怒ってない？」

上目使いのレシィ。なんて小悪魔！

「アンディにもレシィにも怒る理由がないわ。びっくりしたけど。ふふ、今日もたくさん遊ぼうね！」

やっと笑顔を見せた二人に私もホッとした。

アンドレイが女の子を抱きしめている!?　とのどこかのオッサンの声を無視して、亀様に護衛たちをこちらに寄越してもらう。

変な術を掛けられたなんて思われたら面倒だから、護衛さん方には是非このオッサンどものそばにいていただきたい。

結果。初体験の方々にも遊園地はわりと好評でした。お昼までみっちりと遊びまくりました。

今回新たに造っておいた物はゴーカート。

と言っても固定コースをなぞるだけ。カートは五台。全体像はミニ〇駆の巨大版。

侯爵夫人の車椅子から発展改造した車はもちろん浮いております。アクセル、ブレーキ、ハンドルと、寝不足になるほど親方たちと設計図を書き直した。見てよこの車体の滑らかなラインを！

まあ、幼児がキコキコとこぐあの車体だけれども。

ジェットコースターがお気に入りのアンディの為に皆で頑張ったよ！

「お嬢！　スゴイ！　楽しい！」

隣のコースを走るアンディの笑顔にこちらはガッツポーズで応える。良かった～！

レシィは今日もメリーゴーランドでご満悦。次までにはコーヒーカップ作るからね！

自分で速さを調整できるゴーカートには、侯爵は安心して乗れた様子。夫人も楽しそうに乗ってくれた。

護衛含めたオッサンたちはかなりうるさいけれど、笑ってる。

よしよし。

ここは誰もアンタ等を狙わない。寝室でまで気を張っているアンタたちの休憩所だよ。毎日お疲れ様。

お昼は遊園地側に新築したホテルで食べます。

五階建ての最上階が食堂。見晴らし良いでしょ？　遊んで疲れた体に階段は辛いのでエレベーターも造りましたよ～。右は上り専用、左は下り専用って分けての設置だけど。

それを見た学園長と一悶着。

さっさと最上階に上がって飯を食え！

今日は料理長ハンクさんが指揮をとりました。ハンクさんの希望で彼は屋敷固定の料理人で、ホテルは元副料理長にお任せのはずだったのだけど……初めての客が国王とか不憫過ぎる。

元副料理長がガタガタ震えながらハンクさんに泣きついたので急遽助っ人に。

そうして落ち着いた調理場からいつもの美味しいご飯が作られ、それをアンディたちはニコニコと食べる。

毒見でもある護衛たちは運ばれて来た食事に自分たちよりも先にあっさりと口を付けた侯爵たちに目を丸くした。

「此処ではそんな心配は要らん。温かい内に食べるといい」

モグモグと咀嚼しながら薦めたから、隣の夫人に注意を受けた。ぷぷ。

王を迎えたと言っても絢爛豪華なホテルではない。言うならば品の良い宿屋だ。王都で泊まった宿を無断で参考にしたので、いつかあの宿の主人を招待しよう。

カトラリーは鉄だけど、食器はほぼ木でできている。フルコースなんてないのでそれ用のマナーもない。テーブルクロスは言わずもがなのスパイダーシルクだ。元々汚れが付きにくいが、魔法で加工してあるのでより汚れない。洗濯係に喜ばれるクロス！

主と共に食事をすることがない侍従たちは戸惑ったが、前回お供をした侯爵家の侍従さんと侍女さんがさっさと食べていたので、恐る恐る口を付けた。全員が手を付けてから、王の食事が始まる。

「……旨い……」

「良かった。僕もこのスープ好きなので嬉しいです」

アンディが嬉しい事を言ってくれる。

そういや、さっきのプリンも王はうまいって言ってたな。良かった。

最後のデザートは小さく盛られたアイスクリームとレモンのシャーベット。バニラビーンズがないけれど、これはこれで美味しいのでメニューに加わった。

皆さん初体験らしく大騒ぎ。お代わりはお一人様一回ですよ！　冷たい物は腹が下りますからね！

「ここは魔境か」

イエ、辺境です。

なんだ突然、失礼なオッサンだな。

何事かと思えば、執務室から見える木陰でアンディがちびっこたちに絵本を読んでいる姿が見えた。向こうの方ではレシィがタイトを相手に皆にダンスのステップを教えている。おお、あんな難しいものを！　運動神経のいいタイトだから、あんなに身長差があるのにレシィの足を踏むことはなく、踏まれることもない。……その神経私に分けてくれェ……

「子供たちはあんな顔をするのだな……」

「私(わたくし)たちもこちらに来てはじめて、あの子たちのあの顔を見ることができました」

夫人が慈愛に満ちた表情に。

サレスティアよ、と王がこちらを向く。

「城の庭に同じ物を造れ」

「お断り致します」

即答に、私以外の息を呑む音がした。

「王都のどこかでもよい」

「お断り致します」

「……王の命令だぞ」

鼻で笑ってしまった。おっと。

「無礼だぞ」

護衛たちが色めき立つ中、侯爵が言葉だけ間に入る。

「何の助けも下さらなかった方の、命令だけは聞けと仰いますか」

護衛が動こうとするのを王は手で制した。

「お前が貴族ならば、国王の命令は絶対のはずだが？」

目が鋭い。纏うオーラが変わった。

……あぁこれが国王か。へェへェ、畏れ多いですね。

「そうでしたね」

負けじと、ふてぶてしくニッコリと笑う。

それが気に障ったのだろう、王の眉間に皺が寄る。……ふん。

「では、あの遊具は差し上げましょう」

え？　と何人かの声がした。

「ご自分等で王都までどうぞお運びくださいませ。私たちは領地から出ますので後はお好きにどうぞ」

「どういうことだ」

いぶかしむ国王。

「貴方の治める国など興味はないと申し上げました。なので、他所へ移ります。領民全てで」

「……それが許されるとでも思っているのか？」

「許されなくとも構わないと申し上げます」

睨み合いが続く。まあ、私は笑顔だけど。

「私には、それだけの力がありますから」

私の淑女の笑みに国王の眉間の皺がさらに深くなる。

「この国に何かあった時にはアンディとレシィは助けましょう、友達ですから。もちろんラトルジン侯爵家の皆さんも。アンディたちの安らぎですし、うちの親方たちとも仲良しですからね」

あ〜、イライラする。

「……まさか、我が子を喜ばす為に、その我が子を人質にはしませんよね？」

国王とは、それを選ばなければならない時がある。

難儀な職だ。

私だってそれくらいはわかっているつもりだ。認めたくはないが。

認めたくないから、長い時間、睨み合った。

誰も何も言葉を発しない。ありがたい。

ふと、王の雰囲気が弛んだ。

それを見た周りもホッと弛んだ。

私はまだ、目を逸らさない。

「……全く、王を恐れぬ奴は扱い難い」

もう少し。

「キンキラキンの狭っ苦しい部屋で人の裏ばかり見ているからですよ。たまには外に出て大声出して笑えばいいんです」

「……なんだ？」

難しい顔をしつつきょとんとする。器用だな王様。

「国王とは、職業です。そして貴方は、一人の人間です」

じっと王を見る。王も私を見てくる。

「人間は、程よい休みを必要とする生き物です。一日中起きていられますが毎日はそれを続けられません。だからこそ、国王を支える者がいます。貴方はもっと、貴方への信頼を信じていいんです」

王が揺らいだ。

そのまま王は、学園長、侯爵を見る。

「王よ。ここには亀様がいます。畏れ多くも彼は私たちの友です。優しい彼は私たちの望まない輩を領地に入れないでくれています。ということは、現在、ドロードラング領には、貴方を信頼する人間のみがいるということです」

王が執務室にいる全員を見回す。

「私以外は、貴方への信頼が確かな人たちです」

最後に私を見て、ニヤリと笑う。

「思っていたより多いな」

私もニヤリとする。

「有能な方ばかりですよ？　うちに来てあれだけ遊べるのがいい証拠です」

なるほど、と王がフッと笑う。

「で？　城の庭に何か造ってくれるのか？」

うわっ！　この切り返し、アンディともあったな！

「お断り致します。金を持ってるヤツはドロードラングに金を落として行きやがれ。で、ございます」

一拍置いて、国王が笑った。

ひとしきり笑って落ち着いた頃に、そうだな、お前たちがいない所で遊んでも面白くなさそうだな、と窓の外を見ながら言った。


後ろから洟をすする音がした。

何事かと振り返れば、クラウスが泣いていた。

何事!?

「どうしたの!?」

駆け寄れば、膝をついたクラウスに抱きしめられた。

主従の関係を崩さないクラウスには珍しい行為だ。なので、マークには遠く及ばないが腕を必死にのばして背中をポンポンとする。

「私は、ジャンに、報えているでしょうか？」

ジャン？　お祖父様？

「なんかよくわからないけれど、クラウスがここを守ってくれたから今があるのよ。クラウスにも感謝しているけれど、あなたを残してくれたお祖父様にも感謝しているわ」

答えになってるかな？　泣いてる理由がよくわからないんだけど。

「いつもありがとう、クラウス」

ぎゅっとされて、それからスッと離れた。

「この命の限り、おそばに」

いつもの笑顔で言われたのでホッとする。

よろしくね！


「お前の騎士（ナイト）は強者（つわもの）揃いだな」

王がしみじみと言う。

そうですよ～、良いでしょ～、ニッシッシ。それが伝わったのか、王が苦笑した。

「確か、弟と領民が守られれば、両親を告発するのだったな？」

「はい」

それは変わらない望み。

「お前が断罪されても構わないとも聞いた」

「間違いありません」

クラウスが拳を握りこんだ。その片方を私の両手で包む。

「両親の罪は、彼ら二人だけではおさまらないと思っています。ドロードラング家が歴史から消えても仕方ありません。私も侍女たちを蔑ろにした記憶がありますので、共に裁かれることを受け入れます」

また、王と見つめ合う。

「……裁いたふりをしてお前だけを囲い込むことは、できんのだろうなぁ……」

ぬいぐるみ亀様に視線を移して国王がぼそっと呟いた。できませんよ。

「後任の人選をお任せしてよろしいでしょうか」

ん？　と眉を上げる王。

「できればラトルジン侯爵に後任をお願いしたいと思っていましたが大変そうなので、弟と領民と亀様を守ってくださる方であれば誰でもいいです」

王が学園長と目を合わせ、侯爵にも視線を向ける。

思案気に顎をなでる。三人で。

……コントか。

「居(お)らんな」

王が言い切った。頷く二人。

「え!?　どこかに一人くらいいるでしょう!?」

私の知らない貴族なんていくらでもいる。三人で考えたなら何人か挙がるでしょうよ。あまりにあっさりと言い切られてパニくった。

あ！

「クラウス！　クラウスがいるじゃん！　駄目？」

隣を見上げると、侍従長の顔をしてにこりと拒否された。……なんという笑顔のバリエーション！

「クラウスは相続権を放棄して縁を切ってあるでな。ラトルジン（うち）とは関係ないことになっているのだ」

はあ!?　クラウス笑ってるし！

いーやーっ!?　ちゃんとした人が見つかりますように!!

「まあ、一人だけ心当たりはあるんだが、面倒でなぁ……」

面倒!?　面倒って何？　ちょっと王様、誰それ？

「ああ！　頑固で、そのくせ発想が読めんしのぉ～」

学園長がそんな風に言うとは！　その人やめとく？　いやでも！

「いや、ここを任せるには適任だと思いますぞ。残念な性格ではありますが」

侯爵～!?　残念で面倒な人って不安しかない!!

クラウスは笑ってるし！　ちょっと、次に世話する人だからね？　クラウスが大変になっちゃうよ？　わかってんの!?

「サレスティア・ドロードラング」

「はい！」

「そなたを、ドロードラング男爵家当主と認める」

「はあ!?」

ちょっとパニくってる時に思いもよらない事を言われたので、素で返してしまった。

「帰ったら正式な文書を出す。捨てるなよ？」

え!? え!?

「お嬢よ、女として残念な顔になっとるぞ」

「そんな顔をすると年相応にみえるのぉ。ほっほっ」

ジイサンどもが笑う。

え!? だって! 残念で面倒って……

ぶふっ
隣の人が私の頭の上で噴いた。

見上げると同時に向こうを向く。……肩、震えてますよ、クラウスさん。

「サレスティア」

王も笑いを堪えたような顔をしていたが、目が合うと真顔になる。

「お前の両親は許されん。お前は覚悟を決めていたようだが、お前たち三人が罰を受けたところで足りん程の証拠がある。関わった者全てに刑罰が必要な程の証拠がな。お前の罪は何だ？ 子供の我儘など全ての家で行われている。それを取り締まると国から子供がいなくなってしまうぞ？」

え。

「領地にやられたお前は、そこまで義理立てる程に可愛いがられていた記憶はあるのか？」

……ない。だから、告発に躊躇いはなかった。

「お嬢様が侍女を要らないと言った時には、屋敷の侍女は皆奴隷だったそうです。たまたま丁度売られたのでしょう。先程、ヤンが保護したと連絡を寄越しました」

クラウスに張りついた。顔を押し付けて、服を皺が残るほど握りしめた。

ありがとう。

クラウスの大きな手が私の頭を撫でる。

「どう見てもお前を此処に置くしかあるまいよ。理由としてまずは玄武だ。国潰しの大精霊と知って、それを友と言える図太い神経を持つ人間を私は知らん。ちなみに私が一貴族だったとしても無理だ。断る」

「遊具の設計図を見せられたところで莫大な魔力が必要なことに変わりない。ワシだとてお主と同じものが造れるかギリギリじゃ。余裕でできるのは眼鏡くらいじゃろう。無意識に使っているようだが、お主の魔力量は尋常ではないからな？　学園の教師連中は無理だぞ」

「お嬢の発想は儂には考えつかん。ここまで発展し、それに慣らされた領民など扱い難いだろうよ。無理じゃ無理無理ムリ」

……どいつもこいつもニヤニヤしやがって。そんなに私の泣き顔が酷いか！

「こういった理由から、お前はドロードラング領に置いておいた方が何かと平穏だろう。まあ子供だが、お前の働きはそれに値する。男爵家当主を名乗る事を許す。特例だ」

反対する者は此処に寄越す。お前の領地を見せれば腰を抜かすだろうよ。

悪い顔をして笑う王に淑女の礼をとり、すぐさま駆け寄った窓を開け放って叫んだ。

「アンディ！　レシィ！　あんたらの父ちゃん思ってたよりもいい男だった――っ!!」

叫びながら窓から飛び出した私を、タイトが慌てて受け止める。そこに駆け寄ったアンディに抱きつく。

「ありがとうアンディ！　ありがとう！」

戸惑いながらもうんうんと頭を撫でてくれる。フェミニストめ！

寄ってきたレシィも抱きしめる。

「レシィもありがとう！」

良かった～！　とレシィも泣いてしまった。泣いても可愛いなんてどうなってんのさ！

それから、皆と木陰にいたサリオンにも抱きつく。

「サリオン！　お姉ちゃんあなたと一緒にいられるって！　嬉しいよ～！」

苦しくないようになるべくそっと抱きしめてたら、サリオンが光りだした。

は？　え!?　何事!?

光はみるみる手乗りサイズに集まると、サリオンから離れ、ぽん！　と音がしたら、地面に小さな猫が降り立った。

背中に黒の縞模様のある、目が金色の、毛並みの真っ白な子猫。

二度見した。

だってその容姿!!

服の胸元をぎゅっとする感覚に目線を下ろすと、サリオンと目が合った。

サリオンと、目が、合った。

その小さな手が、私の服を摑んでいた。

あとがき

『贅沢三昧したいのです！　転生したのに貧乏なんて許せないので、魔法で領地改革1』をお買い上げいただき、まことにありがとうございます。あなたは神さまです！

え、借りて読んでいる？　ではその御方に布教活動までありがとうございますと泣いていたとお伝えください。ほんとまじで。

え？　まずはあとがき立ち読み派？　じゃあ買ってくださるまであなたの背後にいますネ、うふふふ。（嘘☆）

えーと。

『小説家になろう』というサイトで活動してます、みわかずと申します。

『第1回アース・スターノベル大賞』へ応募しましたところ佳作をいただき、書籍化の運びとなりました。棚ボタです。こうしてあとがきを書きながら、実はドッキリでは？　とまだ思ってます。

えー、本作は第一話を投稿した時点では一話一万字の全十話の予定でした。……予定でした……

この頃小説家になろうの恋愛ジャンルでは『悪役令嬢もの』という、乙女ゲームでヒロインをいじめるお嬢様に転生してしまいながらもゲーム通りの悲惨な最期を回避するために奮闘し幸せを掴む、という流行が落ち着き始めました。…………この説明で合ってる？

読むならもっぱら恋愛ジャンルの私。面白い作品がたくさんありまして、それらをたくさん読めたので、かなり満腹、いや満足してました。だから自分の作品は人気ジャンルのものなら十人くらいに読まれれば御の字だな、と微妙にセコい下心で投稿したのです。投稿するからにはやっぱり読まれたいんですわ☆

……でも、恋愛もので腹パツだったので、恋愛要素なしの話にしました。最初は。乙女ゲームがベースでも。王子なんて名前も出てこない予定でした。

そしたら思ったよりも読者さまから反応がありました。ラッキー!!

しかし。

所詮はプロットも立てられないド素人。

こうしよう、ああしようと一話毎にざっくりと進めていたので、苦手な内政に辻褄が合わず七転八倒、結局恋愛要素もてんこ盛りになり、キャラも際限なく増え続け、さらに次話までの投稿に四

ヶ月も空くというweb小説では致命的なこともやらかしました。まさに迷走☆

それでも。それでも！

応援してくださったユーザーさまたちのおかげで、こうして更なる日の目を見ることができました。お気に入りキャラのショートストーリーやイラストやネタをくださったりと、エタりかけの時にたくさんの燃料をいただきました。その度に喜びのアヤシイ踊りを舞いまくり☆

それが！　紙になって！　イラストがついて！　本屋に置かれる日がこようとは!!

感想やコメントをいただく度に感謝していましたが、本作をお気に入りしてくださった方、いつも応援をくださった方に恩返しができました。

みんなぁっ！

いつも応援ありがとぉぉぉっ！

紙の本になったよぉぉぉっ!!

お嬢が可愛いよぉぉぉっ!!。゜（゜´Д｀゜）゜。

イラストを引き受けてくださった沖史慈(おきしじ)宴(えん)さまにはひれ伏すしかありません。作者のくせにキャラの見た目が定まっておらず、キャラ設定に四苦八苦しましたが、沖史慈さまからの素敵ラフが届いてからニヨニヨしっぱなしです。服のデザインまで素敵だし可愛いしでニヨニヨにやにやムフフフです！　ありがとうございます!!

かぼちゃパンツ可愛いの♡　女子も亀様も野郎どももステキなの♡　見た？　もっと見て♡

担当さまにもお世話に、というかお手間をかけさせてしまいました……ええ、ｗｅｂに疎いんです私。なろうに直書きです。テキスト？　ファイル？　って何ですか？　な人間なんです……

そしたら担当さまは「へっちゃらです！（意訳）」と紙で郵送してくださったのですよ！　一気に文豪気分ですわ！　ふはは！　ほんとごめんなさい！　ありがとうございます！

担当さまは褒めて伸ばすうえにメールの文面も可愛いんですわ。字も綺麗可愛いの。最高か！

あと遊び心。作中、強調したいセリフを大きめのフォント？　にしてくれました。言ってみるもんです……「ＯＫ！（意訳）」の言葉に甘え、ここもここもとお願いしちゃいました☆

そして家族。こっそりと書いていて、賞金当たれウヘヘと応募したので、本になると報告した時にめっちゃ恥ずかしかったです……その時の子供らの反応が薄くてほんとホッとしました……旦那がめっちゃテンション上がっただけに（笑）

発売日が近づいてきても子供らは「え、ホントに本でるの？」とまさに他人事☆

……うん、なんか、ホッとするよ……うん、なんか、ありがとう……

総括。
本作に関わってくださった皆さま、
ずっとかまってくださった皆さま、
そして手に取ってくださったあなたへ。
心からの感謝を。

2020年　みわかず

（二巻への野望）

（二巻が出たら若いクラウスと、コトラなサリオンを描いてもらうんだ♪　うへへ）

（字数かせぎの贅沢三昧ぶん投げクイズ）

どのキャラもふんわり設定で明確なモデルがいるのは何人かだけなのですが、そのうちの一人をクイズ。
Q　声優の田中真弓（たなかまゆみ）さんをモデルにしたキャラは誰でしょうか？　※雰囲気でどーぞ♪（以前の活動報告で、私の中ではお嬢の声が田中真弓さんと言ってますがお嬢ではありません。この巻に登場してますので探してみてね☆）

イラストレーターの沖史慈宴です。

まずは「贅沢三昧したいのです！」
ご刊行おめでとうございます！

アース・スターノベル大賞、佳作という
名誉ある作品の挿絵を担当させて
頂けたこと大変うれしく思います。

物語も次から次へと展開するスピード感
が半端なく、ぐいぐいと引き込まれました。

作業では登場キャラクターが多く、
デザインはとても大変でした。

一部ですがデザインラフでチェック
通ったものだけ掲載させて頂きましたので
挿絵には描かれていないキャラ達の
イメージ参考になれば幸いです。

次巻以降もお手伝いができたら嬉しいです。

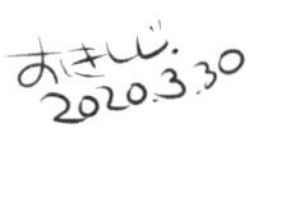

カシーナ
クラウス
マーク
ルルー
ルイス
サレスティア

贅沢三昧
したいのです!
キャラクターデザインラフ
ニック
ダジルイ
ヤン
アーライル国王
アンドレイ
レリィスア

ラトルジン侯爵
ラトルジン夫人
ネリア
クイン
ロドリス
サリオン

ぶふふわっ、何よこのでたらめな力は！
世界の理が狂ってしまうわ!!
けど、持ってる力は使っちゃうよね。
だって、色々便利だから♪
は、ひた隠す
コミカライズも
コミックアース・スターにて
好評連載中!!
https://www.comic-earthstar.jp/

あらすじ

騎士家の娘として騎士を目指していたフィーアは、
死にかけた際に「大聖女」だった前世を思い出す。
えっ、これって今ではおとぎ話と化した「失われた魔法」!?
しかも最強の魔物・黒竜が私の従魔に!!?
でも前世で「聖女として生まれ変わったら殺す」って
魔王の右腕に脅されたんだっけ。
こんな力使ったら、一発で聖女ってバレて、殺されるんじゃないかしら。
…ってことで、正体隠して初志貫徹で騎士になります!

転生した大聖女
聖女であることを

十夜 Illustration chibi

ノベル第3巻は今春発売予定!!

小説家になろう
全60万作品の中で、
ジャンル別年間
第1位の超人気作!
シリーズ好評発売中!!

贅沢三昧したいのです！
転生したのに貧乏なんて許せないので、魔法で領地改革①

発行 ――― 2020年4月15日　初版第1刷発行
2021年1月15日　　第2刷発行

著者 ――― みわかず

イラストレーター ――― 沖史慈宴

装丁デザイン ――― 関善之＋村田慧太朗（VOLARE inc.)

発行者 ――― 幕内和博

編集 ――― 筒井さやか

発行所 ――― 株式会社 アース・スター エンターテイメント
〒141-0021　東京都品川区上大崎 3-1-1
目黒セントラルスクエア　7F
TEL：03-5561-7630
FAX：03-5561-7632
https://www.es-novel.jp/

印刷・製本 ――― 図書印刷株式会社

ISBN 978-4-8030-1406-8